万物有灵 人间有味

朱光潜——著

台海出版社

图书在版编目（CIP）数据

万物有灵 人间有味 / 朱光潜著 . -- 北京 : 台海出版社 , 2024.3

ISBN 978-7-5168-3761-0

Ⅰ . ①万… Ⅱ . ①朱… Ⅲ . ①散文集—中国—当代 Ⅳ . ① I267

中国国家版本馆 CIP 数据核字（2024）第 017563 号

万物有灵 人间有味

著　　者：朱光潜

出 版 人：蔡　旭　　封面设计：于　芳

责任编辑：曹任云

出版发行：台海出版社

地　　址：北京市东城区景山东街 20 号　邮政编码：100009

电　　话：010-64041652（发行，邮购）

传　　真：010-84045799（总编室）

网　　址：www.taimeng.org.cn/thcbs/default.htm

E-mail：thcbs@126.com

经　　销：全国各地新华书店

印　　刷：运河（唐山）印务有限公司

本书如有破损、缺页、装订错误，请与本社联系调换

开　　本：880 毫米 ×1230 毫米　1/32

字　　数：152 千字　印　　张：7.75

版　　次：2024 年 3 月第 1 版　印　　次：2024 年 3 月第 1 次印刷

书　　号：ISBN 978-7-5168-3761-0

定　　价：52.00 元

人要有出世的精神，才可以做入世的事情。

我们所居的世界是最完美的，就因为它是最不完美的。倘若件件事都尽美尽善了，自然没有希望发生，更没有努力奋斗的必要。这个世界之所以美满，就在有缺陷，就在有希望的机会，有想象的田地。

你是否知道生活，就看你对于许多事物能否欣赏。欣赏也就是“无所为而为的玩索”。在欣赏时人和神仙一样自由，一样有福。

你如果问我，人们应该如何生活才好呢？我说，就顺着自然所给的本性生活着，像草木虫鱼一样。你如果问我，人们生活在这幻变无常的世相中究竟为着什么？我说，生活就是为着生活，别无其他目的。

生命是一个说故事的人，虽老是抱着那么陈腐的“母题”转，而每一顷刻中的故事却是新鲜的，自有意义的。这一顷刻中有了新鲜有意义的故事，这一顷刻中我们心满意足了，这一顷刻的生命便不能算是空虚。

朋友，闲愁最苦！愁来愁去，人生还是那么样一个人生，世界也还是那么样一个世界。假如把自己看得伟大，你对于烦恼，当有“不屑”的看待；假如把自己看得渺小，你对于烦恼，当有“不值得”的看待。

编者序

美从不缺席于生活，千百年来，人类也从未放弃对“美”的追求和探索。

回顾中国现代美学的形成过程，一座绕不开的大山就是朱光潜先生。他学贯中西，是中国现代美学的开山鼻祖，不仅留下了众多中国现代美学的扛鼎之作，还一生以美育人，尤其以文笔的优美生动、说理的清晰透彻、见解的独到精辟而蜚声于学术界。

朱光潜先生认为，人要有出世的精神，才可以做入世的事情。他本人就是这句话的最佳践行者。作为一名学者，他像打仗一样去做学问，对美学研究矢志不渝；同时，他也热忱地关心现实社会，尤其对青年怀有笃热的情感。他为青年写下的那些谈人生、谈职业、谈交友、谈生活的短章，篇篇都是心灵的对话，谆谆解答着一代代人的困惑与焦虑，在百年之后的今天读来，仍是一种人生的启迪与滋养。

“人生的艺术化”是朱光潜先生的美学理想目标。

他认为，“每个人的生命史就是他自己的作品”，他的文字，也在“引读者由艺术走入人生，又将人生纳入艺术之中”（朱自清语）。美育的根本目的在于追求人性的完满，使人既体验了生命的趣味，也感受到生命的价值。朱光潜先生崇尚的“艺术化的人生”，也是我们现代忙碌生活中最需要的生活态度。

这本选集收录了朱光潜先生一生最具代表性的三十篇散文，主要选自《谈美》《谈美书简》《谈修养》《给青年的十二封信》，以期较为全面地展现一代美学大师的美学观、世界观、人生观和价值观，让读者跟随他的思想足迹，去探寻美的本质、审美趣味，以及美与人格、美与生活、美与人生的关系。

在编辑过程中，我们仅将个别差异较大的译名替换成了现今译名，以适应当下读者的阅读习惯，为读者带去更好的阅读体验。

当然，由于能力和时间有限，书中不可避免地会有一些疏漏，希望广大读者不吝赐教。

最后，希望这本书能够走进你的生活，帮助你通过审美的眼光和创造力，赋予生活更多的意义和美感。

目录

CONTENTS

辑一

美是事物最有价值的一面

美的欣赏极似“柏拉图式的恋爱”。这种恋爱是否可能，颇有人质疑，但是历史上有多少著例，凡是到极浓度的初恋者也往往可以达到胸无纤尘的境界。

我们对于一棵古松的三种态度

——实用的、科学的、美感的

我刚才说，一切事物都有几种看法。你说一件事物是美的或是丑的，这也只是一种看法。换一个看法，你说它是真的或是假的；再换一种看法，你说它是善的或是恶的。同是一件事物，看法有多种，所看出来的现象也就有多种。

比如园里那一棵古松，无论是你是我或是任何人一看到它，都说它是古松。但是你从正面看，我从侧面看，你以幼年人的心境去看，我以中年人的心境去看，这些情境和性格的差异都能影响到所看到的古松的面目。古松虽只是一件事物，你所看到的和我所看到的古松却是两件事。假如你和我各把所得的古松的印象画成一幅画或是写成一首诗，我们俩艺术手腕尽管不分上下，你的诗和画与我的诗和画相比较，却有许多重要的异点。这是什么缘故呢？这就由于知觉不完全是客观的，各人所见到的物的形相都带有几分主观的色彩。

假如你是一位木商，我是一位植物学家，另外一位朋友是画家，三人同时来看这棵古松。我们三人可以说同时都“知觉”到这一棵树，可是三人所“知觉”到的却是三种不同的东西。你脱离不了你的木商的心习，你所知觉到的只是一棵做某事用值几多钱的木料。我也脱离不了我的植物学家的心习，我所知觉到的只是一棵叶为针状，果为球状，四季常青的显花植物。我们的朋友——画家——什么事都不管，只管审美，他所知觉到的只是一棵苍翠劲拔的古树。我们三人的反应态度也不一致。你心里盘算它是宜于架屋或是制器，思量怎样去买它，砍它，运它。我把它归到某类某科里去，注意它和其他松树的异点，思量它何以活得这样老。我们的朋友却不这样东想西想，他只在聚精会神地观赏它的苍翠的颜色，它的盘屈如龙蛇的线纹以及它的那一般昂然高举、不受屈挠的气概。

从此可知这棵古松并不是一件固定的东西，它的形相随观者的性格和情趣而变化。各人所见到的古松的形相都是各人自己性格和情趣的返照。古松的形相一半是天生的，一半也是人为的。极平常的知觉都带有几分创造性；极客观的东西之中都有几分主观的成分。

美也是如此。有审美的眼睛才能见到美。这棵古松对于我们的画画的朋友是美的，因为他去看它时就抱了美感的态度。你和我如果也想见到它的美，你须得把你那种木商的实用的态度丢开，我须得把植物学家的科学的态度丢开，专持美感的态度去看它。

这三种态度有什么分别呢?

先说实用的态度。做人的第一件大事就是维持生活。既要生活，就要讲究如何利用环境。“环境”包含我自己以外的一切人和物在内，这些人和物有些对于我的生活有益，有些对于我的生活有害，有些对于我不关痛痒。我对于他们于是有爱恶的情感，有趋就或逃避的意志和活动。这就是实用的态度。实用的态度起于实用的知觉，实用的知觉起于经验。小孩子初出世，第一次遇见火就伸手去抓，被它烧痛了，以后他再遇见火，便认识它是什么东西，便明了它是烧痛手指的，火对于他于是有意义。事物本来都是很混乱的，人为便利实用起见，才像被火烧过的小孩子根据经验把四围事物分类立名，说天天吃的东西叫做“饭”，天天穿的东西叫做“衣”，某种人是朋友，某种人是仇敌，于是事物才有所谓“意义”。意义大半都起于实用。在许多人看，衣除了是穿的，饭除了是吃的，女人除了是生小孩的一类意义之外，便寻不出其他意义。所谓“知觉”，就是感官接触某种人或物时心里明了他的意义。明了他的意义起初都只是明了他的实用。明了实用之后，才可以对他起反应动作，或是爱他，或是恶他，或是求他，或是拒他，木商看古松的态度便是如此。

科学的态度则不然。它纯粹是客观的、理论的。所谓客观的态度就是把自己的成见和情感完全丢开，专以“无所为而为”的精神去探求真理。理论是和实用相对的。理论本来可以见诸实用，但是科学家的直接目的却不在于实用。科学家见到一个美人，不说，“我要去向她求婚，她可以替我生儿子”，他只说，“我看她这人很有趣味，我要来研究她的生理构造，分析她的心理组织”。科学家见到一堆粪，不说，“它的气味太坏，我要掩鼻走开”，他只说，“这堆粪是一个病人排泄的，我要分析它的化学成分，看看有没有病菌在里面”。科学家自然也有见到美人就求婚，见到粪就掩鼻走开的时候，但是那时候他已经由科学家还到实际人的地位了。科学的态度之中很少有情感和意志，它的最重要的心理活动是抽象的思考。科学家要在这个混乱的世界中寻出事物的关系和条理，纳个物于概念，从原理演个例，分出某者为因，某者为果，某者为特征，某者为偶然性。植物学家看古松的态度便是如此。

木商由古松而想到架屋、制器、赚钱等等，植物学家由古松而想到根茎花叶、日光水分等等，他们的意识都不能停止在古松本身上面。不过把古松当作一块踏脚石，由它跳到和它有关系的种种事物上面去。所以在实用的态度中和科学的态度中，所得到的事物的意象都不是独立的、绝缘的，观者的注意力都不是专注在所观事物本身上面的。注意力的集中，意象的孤立绝缘，便是美感的态度的最大特点。比如我们的画画的朋友看古松，他把全副精神都注在松的本身上面，古松对于他便成了一个独立自足的世界。他忘记他的妻子在家里等柴烧饭，他忘记松树在植物教科书里叫做显花植物，总而言之，古松完全占领住他的意识，古松以外的世界他都视而不见、听而不闻了。他只把古松摆在心眼面前当作一幅画去玩味。他不计较实用，所以心中没有意志和欲念；他不推求关系、条理、因果等等，所以不用抽象的思考。这种脱净意志和抽象思考的心理活动叫做“直觉”，直觉所见到的孤立绝缘的意象叫做“形相”。美感经验就是形相的直觉，美就是事物呈现形相于直觉时的特质。

实用的态度以善为最高目的，科学的态度以真为最高目的，美感的态度以美为最高目的。在实用态度中，我们的注意力偏在事物对于人的利害，心理活动偏重意志；在科学的态度中，我们的注意力偏在事物间的互相关系，心理活动偏重抽象的思考；在美感的态度中，我们的注意力专在事物本身的形相，心理活动偏重直觉。真善美都是人所定的价值，不是事物所本有的特质。离开人的观点而言，事物都混然无别，善恶、真伪、美丑就漫无意义。真善美都含有若干主观的成分。

就“用”字的狭义说，美是最没有用处的。科学家的目的虽只在辨别真伪，他所得的结果却可效用于人类社会。美的事物如诗文、图画、雕刻、音乐等等都是寒不可以为衣、饥不可以为食的。从实用的观点看，许多艺术家都是太不切实用的人物。然则我们又何必来讲美呢？人性本来是多方的，需要也是多方的。真善美三者俱备才可以算是完全的人。人性中本有饮食欲，渴而无所饮，饥而无所食，固然是一种缺乏；人性中本有求知欲而没有科学的活动，本有美的嗜好而没有美感的活动，也未始不是一种缺乏。真和美的需要也是人生中的一种饥渴，——精神上的饥渴。疾病衰老的身体才没有口腹的饥渴。同理，你遇到一个没有精神上的饥渴的人或民族，你可以断定他的心灵已到了疾病衰老的状态。

人所以异于其他动物的就是于饮食男女之外还有更高尚的企求，美就是其中之一。是壶就可以贮茶，何必又求它形式、花样、颜色都要好看呢？吃饱了饭就可以睡觉，何必又呕心血去做诗、画画、奏乐呢？“生命”是与“活动”同义的，活动愈自由，生命也就愈有意义。人的实用的活动全是有所为而为，是受环境需要限制的；人的美感的活动全是无所为而为，是环境不需要他活动而他自己愿意去活动的。在有所为而为的活动中，人是环境需要的奴隶；在无所为而为的活动中，人是自己心灵的主宰。这是单就人说，就物说呢，在实用的和科学的世界中，事物都借着和其他事物发生关系而得意义，在孤立绝缘时都没有意义；但是在美感世界中它却能孤立绝缘，却能在本身现出价值。照这样看，我们可以说，美是事物的最有价值的一面，美感的经验是人生中最有价值的一面。

许多轰轰烈烈的英雄和美人都过去了，许多轰轰烈烈的成功和失败也都过去了，只有艺术作品真正是不朽的。数千年前的《采采卷耳》和《孔雀东南飞》的作者还能在我们心里点燃很强烈的火焰，虽然在当时他们不过是大皇帝脚下的不知名的小百姓。秦始皇并吞六国，统一车书；曹孟德带八十万人马下江东，舳舻千里，旌旗蔽空，这些惊心动魄的成败对于你有什么意义？对于我有什么意义？但是长城和《短歌行》对于我们还是很亲切的，还可以使我们心领神会这些骸骨不存的精神气魄。这几段墙在，这几句诗在，他们永远对于人是亲切的。由此类推，在几千年或是几万年以后看，现在纷纷扰扰的"帝国主义""反帝国主义""主席""代表""电影明星"之类对于人有什么意义？我们这个时代有类似长城和《短歌行》的纪念坊留给后人，让他们觉得我们也还是很亲切的么？悠悠的过去只是一片漆黑的天空，我们所以还能认识出来这漆黑的天空者，全赖思想家和艺术家所散布的几点星光。朋友，让我们珍重这几点星光！让我们也努力散布几点星光去照耀那和过去一般漆黑的未来！

希腊女神雕像和血色鲜丽的英国姑娘

——美感与快感

我在以上三章[①]所说的话都是回答“美感是什么”一个问题。我们说过，美感起于形相的直觉。它有两个要素：

目前意象和实际人生之中有一种适当的距离。我们只观赏这种孤立绝缘的意象，一不问它和其他事物的关系如何，二不问它对于人的效用如何。思考和欲念暂时失其作用。

在观赏这种意象时，我们处于聚精会神以至于物我两忘的境界，所以于无意之中以我的情趣移注于物，以物的姿态移注于我。这是一种极自由的（因为是不受实用目的牵绊的）活动，说它是欣赏也可，说它是创造也可，美就是这种活动的产

---

① 本章原是《谈美》中的第四章，前三章是《我们对于一棵古松的三种态度——实用的、科学的、美感的》《“当局者迷，旁观者清”——艺术和实际人生的距离》《“子非鱼，安知鱼之乐”——宇宙的人情化》，本次选编文章顺序有变动，后文“以下两三章”等情况与此同。

品，不是天生现成的。

这是我们的立脚点。在这个立脚点上站稳，我们可以打倒许多关于美感的误解。在以下两三章里我要说明美感不是许多人所想象的那么一回事。

我们第一步先打倒享乐主义的美学。

“美”字是不要本钱的，喝一杯滋味好的酒，你称赞它“美”，看见一朵颜色很鲜明的花，你称赞它“美”，碰见一位年轻姑娘，你称赞她“美”，读一首诗或是看一座雕像，你也还是称赞它“美”。这些经验显然不尽是一致的。究竟什么样才算“美”呢？一般人虽然不知道什么叫做“美”，但是都知道什么样就是愉快。拿一幅画给一个小孩子或是未受艺术教育的人看，征求他的意见，他总是说“很好看”。如果追问他“它何以好看？”他不外是回答说：“我欢喜看它，看了它就觉得很愉快。”通常人所谓“美”大半就是指“好看”，指“愉快”。

不仅是普通人如此，许多声名煊赫的文艺批评家也把美感和快感混为一件事。英国十九世纪有一位学者叫做罗斯金，他著过几十册书谈建筑和图画，就曾经很坦白地告诉人说：“我从来没有看见过一座希腊女神雕像，有一位血色鲜丽的英国姑娘的一半美。”从愉快的标准看，血色鲜丽的姑娘引诱力自然是比女神雕像的大；但是你觉得一位姑娘“美”和你觉得一座女神雕像“美”时是否相同呢？《红楼梦》里的刘姥姥想来不一定有什么风韵，虽然不能邀罗斯金的青眼，在艺术上却仍不失其为美。一个很漂亮的姑娘同时做许多画家的“模特儿”，可是她的画像在一百张之中不一定有一张比得上伦勃朗（荷兰人物画家）的“老太婆”。英国姑娘的“美”和希腊女神雕像的“美”显然是两件事，一个是只能引起快感的，一个是只能引起美感的。罗斯金的错误在把英国姑娘的引诱性做“美”的标准，去测量艺术作品。艺术是另一世界里的东西，对于实际人生没有引诱性，所以他以为比不上血色鲜丽的英国姑娘。

美感和快感究竟有什么分别呢？有些人见到快感不尽是美感，替它们勉强定一个分别来，却又往往不符事实。英国有一派主张“享乐主义”的美学家就是如此。他们所见到的分别彼此又不一致。有人说耳、目是“高等感官”，其余鼻、舌、皮肤、筋肉等等都是“低等感官”，只有“高等感官”可以尝到美感而“低等感官”则只能尝到快感。有人说引起美感的东西可以同时引起许多人的美感，引起快感的东西则对于这个人引起快感，对于那个人或引起不快感。美感有普遍性，快感没有普遍性。这些学说在历史上都发生过影响，如果分析起来，都是一钱不值。拿什么标准说耳、目是“高等感官”？耳、目得来的有些是美感，有些也只是快感，我们如何去分别？“客去茶香余舌本”，“冰肌玉骨，自清凉无汗”等名句是否与“低等感官”不能得美感之说相容？至于普遍不普遍的话更不足为凭。口腹有同嗜而艺术趣味却往往随人而异。陈年花雕是吃酒的人大半都称赞它美的，一般人却不能欣赏后期印象派的图画。我曾经听过一位很时髦的英国老太婆说道：“我从来没有见过比金字塔再拙劣的东西。”

从我们的立脚点看，美感和快感是很容易分别的。美感与实用活动无关，而快感则起于实际要求的满足。口渴时要喝水，喝了水就觉到快感；腹饥时要吃饭，吃了饭也就觉到快感。喝美酒所得的快感由于味感得到所需要的刺激，和饱食暖衣的快感同为实用的，并不是起于“无所为而为”的形相的观赏。至于看血色鲜丽的姑娘，可以生美感也可以不生美感。如果你觉得她是可爱的，给你做妻子你还不讨厌她，你所谓“美”就只是指合于满足性欲需要的条件，“美人”就只是指对于异性有引诱力的女子。如果你见了她不起性欲的冲动，只把她当作线纹匀称的形相看，那就和欣赏雕像或画像一样了。美感的态度不带意志，所以不带占有欲。在实际上性欲本能是一种最强烈的本能，看见血色鲜丽的姑娘而能“心如古井”地不动，只一味欣赏曲线美，是一般人所难能的。所以就美感说，罗斯金所称赞的血色鲜丽的英国姑娘对于实际人生距离太近，不一定比希腊女神雕像的价值高。

谈到这里，我们可以顺便地说一说弗洛伊德派心理学在文艺上的应用。大家都知道，弗洛伊德把文艺都认为性欲的表现。性欲是最原始最强烈的本能，在文明社会里，它受道德、法律种种社会的牵制，不能得充分的满足，于是被压抑到“隐意识”里去成为“情意综”。但是这种被压抑的欲望还是要偷空子化装求满足。文艺和梦一样，都是欲望戴着假面具逃开意识的检察。举一个例来说，男子通常都特别爱母亲，女子通常都特别爱父亲。依弗洛伊德看，这就是性爱。这种性爱是反乎道德、法律的，所以被压抑下去，在男子则成“俄狄浦斯情意综”，在女子则成“厄勒克特拉情意综”。这两个奇怪的名词是怎样讲呢？俄狄浦斯原来是古希腊的一个王子，曾于无意中弑父娶母，所以他可以象征子对于母的性爱。厄勒克特拉是古希腊的一个公主，她的母亲爱了一个男子，把丈夫杀了，她怂恿她的兄弟把母亲杀了，替父亲报仇，所以她可以象征女对于父的性爱。在许多民族的神话里面，伟大的人物都有母而无父，耶稣和孔子就是著例，耶稣是上帝授胎的，孔子之母祷于尼丘而生孔子。在弗洛伊德派学者看，这都是“俄狄浦斯情意综”的表现。许多文艺作品都可以用这种眼光来看，都是被压抑的性欲因化装而得满足。

依这番话看，弗洛伊德的文艺观还是要纳到享乐主义里去，他自己就常欢喜用“快感原则”一个名词。在我们看，他的毛病也在把快感和美感混起，把艺术的需要和实际人生的需要混起。美感经验的特点在“无所为而为”地观赏形相。在创造或欣赏的一刹那中，我们不能仍然在所表现的情感里过活，一定要站在客位把这种情感当一幅意象去观赏。如果作者写性爱小说，读者看性爱小说，都是为着满足自己的性欲，那就无异于为着饥而吃饭，为着冷而穿衣，只是实用的活动而不是美感的活动了。文艺的内容尽管有关性欲，可是我们在创造或欣赏时却不能同时受性欲冲动的驱遣，须站在客位把它当作形相看。世间自然也有许多人欢喜看淫秽的小说去刺激性欲或是满足性欲，但是他们所得的并不是美感。弗洛伊德派的学者的错处不在主张文艺常是满足性欲的工具，而在把这种满足认为美感。

美感经验是直觉的而不是反省的。在聚精会神之中我们既忘去自我，自然不能觉到我是否欢喜所观赏的形相，或是反省这形相所引起的是不是快感。我们对于一件艺术作品欣赏的浓度愈大，就愈不觉自己是在欣赏它，愈不觉到所生的感觉是愉快的。如果自己觉到快感，我便是由直觉变而为反省，好比提灯寻影，灯到影灭，美感的态度便已失去了。美感所伴的快感，在当时都不觉得，到过后才回忆起来。比如读一首诗或是看一幕戏，当时我们只是心领神会，无暇他及，后来回想，才觉得这一番经验很愉快。

这个道理一经说破，本来很容易了解。但是许多人因为不明白这个很浅显的道理，遂走上迷路。近来德国和美国有许多研究“实验美学”的人就是如此。他们拿一些颜色、线形或是音调来请受验者比较，问他们欢喜哪一种，讨厌哪一种，然后作出统计来，说某种颜色是最美的，某种线形是最丑的。独立的颜色和画中的颜色本来不可相提并论。在艺术上部分之和并不等于全体，而且最易引起快感的东西也不一定就美。他们的错误是很显然的。

“记得绿罗裙，处处怜芳草”

——美感与联想

美感与快感之外，还有一个更易惹误解的纠纷问题，就是美感与联想。

什么叫做联想呢？联想就是见到甲而想到乙。甲唤起乙的联想通常不外起于两种原因：或是甲和乙在性质上相类似，例如看到春光想起少年，看到菊花想到节士；或是甲和乙在经验上曾相接近，例如看到扇子想起萤火虫，走到赤壁想起曹孟德或苏东坡。类似联想和接近联想有时混在一起，牛希济的“记得绿罗裙，处处怜芳草”两句词就是好例。词中主人何以“记得绿罗裙”呢？因为罗裙和他的欢爱者相接近，他何以“处处怜芳草”呢？因为芳草和罗裙的颜色相类似。

意识在活动时就是联想在进行，所以我们差不多时时刻刻都在起联想。听到声音知道说话的是谁，见到一个字知道它的意义，都是起于联想作用。联想是以旧经验诠释新经验，如果没有它，知觉、记忆和想象都不能发生，因为它们都根据过去的经验。从此可知联想为用之广。

联想有时可以意志控制，作文构思时或追忆一时记不起的过去经验时，都是勉强把联想挤到一条路上去走。但是在大多数情境之中，联想是自由的、无意的、飘忽不定的。听课读书时本想专心，而打球、散步、吃饭、邻家的猫儿种种意象总是不由你自主地闯进脑里来，失眠时越怕胡思乱想，越禁止不住胡思乱想。这种自由联想好比水流湿、火就燥，稍有勾搭，即被牵绊，未登九天，已入黄泉。比如我现在从“火”字出发，就想到红、石榴、家里的天井、浮山、雷鲤的诗、鲤鱼、孔夫子的儿子等等，这个联想线索前后相承，虽有关系可寻，但是这些关系都是偶然的。我的“火”字的联想线索如此，换一个人或是我自己在另一时境，“火”字的联想线索却另是一样。从此可知联想的散漫飘忽。

联想的性质如此。多数人觉得一件事物美时，都是因为它能唤起甜美的联想。

在“记得绿罗裙，处处怜芳草”的人看，芳草是很美的。颜色心理学中有许多同类的事实。许多人对于颜色都有所偏好，有人偏好红色，有人偏好青色，有人偏好白色。据一派心理学家说，这都是由于联想作用。例如红是火的颜色，所以看到红色可以使人觉得温暖；青是田园草木的颜色，所以看到青色可以使人想到乡村生活的安闲。许多小孩子和乡下人看画，都只是欢喜它的花红柳绿的颜色。有些人看画，欢喜它里面的故事，乡下人欢喜把孟姜女、薛仁贵、《桃园三结义》的图糊在壁上做装饰，并不是因为那些木板雕刻的图好看，是因为它们可以提起许多有趣故事的联想。这种脾气并不只是乡下人才有。我每次陪朋友们到画馆里去看画，见到他们所特别注意的第一是几张有声名的画，第二是有历史性的作品如耶稣临刑图、拿破仑结婚图之类，像伦勃朗所画的老太公、老太婆，和后期印象派的山水风景之类的作品，他们却不屑一顾。此外又有些人看画（和看一切其他艺术作品一样），偏重它所含的道德教训。理学先生看到裸体雕像或画像，都不免起若干嫌恶。记得詹姆斯在他的某一部书里说过有一次见过一位老修道妇，站在一幅耶稣临刑图面前合掌仰视，悠然神往。旁边人问她那幅画何如，她回答说："美极了，你看上帝是多么仁慈，让自己的儿子被牺牲，来赎人类的罪孽！"

在音乐方面，联想的势力更大。多数人在听音乐时，除了联想到许多美丽的意象之外，便别无所得。他们欢喜这个调子，因为它使他们想起清风明月；不欢喜那个调子，因为它唤醒他们以往的悲痛的记忆。锺子期何以负知音的雅名？他听伯牙弹琴时，惊叹说："善哉！峨峨兮若泰山，洋洋兮若江河。"李颀在胡笳声中听到什么？他听到的是"空山百鸟散还合，万里浮云阴且晴"。白乐天在琵琶声中听到什么？他听到的是"银瓶乍破水浆迸，铁骑突出刀枪鸣"。苏东坡怎样形容洞箫？他说："其声呜呜然，如怨如慕，如泣如诉。余音袅袅，不绝如缕。舞幽谷之潜蛟，泣孤舟之嫠妇。”这些数不尽的例子都可以证明多数人欣赏音乐，都是欣赏它所唤起的联想。

联想所伴的快感是不是美感呢？

历来学者对于这个问题可分两派，一派的答案是肯定的，一派的答案是否定的。这个争辩就是在文艺思潮史中闹得很凶的形式和内容的争辩。依内容派说，文艺是表现情思的，所以文艺的价值要看它的情思内容如何而决定。第一流文艺作品都必有高深的思想和真挚的情感。这句话本来是不可辩驳的。但是侧重内容的人往往从这个基本原理抽出两个其他的结论，第一个结论是题材的重要。所谓题材就是情节。他们以为有些情节能唤起美丽堂皇的联想，有些情节只能唤起丑陋凡庸的联想。比如做史诗和悲剧，只应采取英雄为主角，不应采取愚夫愚妇。第二个结论就是文艺应含有道德的教训。读者所生的联想既随作品内容为转移，则作者应设法把读者引到正经路上去，不要用淫秽卑鄙的情节摇动他的邪思。这些学说发源较早，它们的影响到现在还是很大。从前人所谓“思无邪”“言之有物”“文以载道”，现在人所谓“哲理诗”“宗教艺术”“革命文学”等等，都是侧重文艺的内容和文艺的无关美感的功效。

这种主张在近代颇受形式派的攻击，形式派的标语是“为艺术而艺术”。他们说，两个画家同用一个模特儿，所成的画价值有高低；两个文学家同用一个故事，所成的诗文意蕴有深浅。许多大学问家、大道德家都没有成为艺术家，许多艺术家并不是大学问家、大道德家。从此可知艺术之所以为艺术，不在内容而在形式。如果你不是艺术家，纵有极好的内容，也不能产生好作品出来；反之，如果你是艺术家，极平庸的东西经过灵心妙运点铁成金之后，也可以成为极好的作品。印象派大师如莫奈、梵高诸人不是往往在一张椅子或是几间破屋之中表现一个情深意永的世界出来么？这一派学说到近代才逐渐占势力。在文学方面的浪漫主义，在图画方面的印象主义，尤其是后期印象主义，在音乐方面的形式主义，都是看轻内容的。单拿图画来说，一般人看画，都先问里面画的是什么，是怎样的人物或是怎样的故事。这些东西在术语上叫做“表意的成分”。近代有许多画家就根本反对画中有任何“表意的成分”。看到一幅画，他们只注意它的颜色、线纹和阴影，不问它里面有什么意义或是什么故事。假如你看到这派的作品，你起初只望见许多颜色凑合在一起，须费过一番审视和猜度，才知道所画的是房子或是崖石。这一派人是最反对杂联想于美感的。

这两派的学说都持之有故，言之成理，我们究竟何去何从呢？我们否认艺术的内容和形式可以分开来讲（这个道理以后还要谈到），不过关于美感与联想这个问题，我们赞成形式派的主张。

就广义说，联想是知觉和想象的基础，艺术不能离开知觉和想象，就不能离开联想。但是我们通常所谓联想，是指由甲而乙，由乙而丙，辗转不止的乱想。就这个普通的意义说，联想是妨碍美感的。美感起于直觉，不带思考，联想却不免带有思考。在美感经验中我们聚精会神于一个孤立绝缘的意象上面，联想则最易使精神涣散，注意力不专一，使心思由美感的意象旁迁到许多无关美感的事物上面去。在审美时我看到芳草就一心一意地领略芳草的情趣；在联想时我看到芳草就想到罗裙，又想到穿罗裙的美人，既想到穿罗裙的美人，心思就已不复在芳草了。

联想大半是偶然的。比如说，一幅画的内容是"西湖秋月"，如果观者不聚精会神于画的本身而信任联想，则甲可以联想到雷峰塔，乙可以联想到往日同游西湖的美人，这些联想纵然有时能提高观者对于这幅画的好感，画本身的美却未必因此而增加，而画所引起的美感则反因精神涣散而减少。

知道这番道理，我们就可以知道许多通常被认为美感的经验其实并非美感了。假如你是武昌人，你也许特别欢喜崔颢的《黄鹤楼》诗；假如你是陶渊明的后裔，你也许特别欢喜《陶集》，假如你是道德家，你也许特别欢喜《打鼓骂曹》的戏或是韩退之的《原道》；假如你是古董贩，你也许特别欢喜河南新出土的龟甲文或是敦煌石室里面的壁画；假如你知道达·芬奇的声名大，你也许特别欢喜他的《蒙娜丽莎》。这都是自然的倾向，但是这都不是美感，都是持实际人的态度，在艺术本身以外求它的价值。

"情人眼底出西施"
——美与自然

我们关于美感的讨论，到这里可以告一段落了，现在最好把上文所说的话回顾一番，看我们已经占住了多少领土。美感是什么呢？从积极方面说，我们已经明白美感起于形相的直觉，而这种形相是孤立自足的，和实际人生有一种距离；我们已经见出美感经验中我和物的关系，知道我的情趣和物的姿态交感共鸣，才见出美的形相。从消极方面说，我们已经明白美感一不带意志欲念，有异于实用态度，二不带抽象思考，有异于科学态度；我们已经知道一般人把寻常快感、联想，以及考据与批评认为美感的经验是一种大误解。

美生于美感经验，我们既然明白美感经验的性质，就可以进一步讨论美的本身了。

什么叫做美呢？

在一般人看，美是物所固有的。有些人物生来就美，有些人物生来就丑。比如称赞一个美人，你说她像一朵鲜花，像一颗明星，像一只轻燕，你决不说她像一个布袋，像一条犀牛或是像一只癞虾蟆。这就分明承认鲜花、明星和轻燕一类事物原来是美的，布袋、犀牛和癞虾蟆一类事物原来是丑的。说美人是美的，也犹如说她是高是矮是肥是瘦一样，她的高矮肥瘦是她的星宿定的，是她从娘胎带来的，她的美也是如此，和你看者无关。这种见解并不限于一般人，许多哲学家和科学家也是如此想。所以他们费许多心力去实验最美的颜色是红色还是蓝色，最美的形体是曲线还是直线，最美的音调是G调还是F调。

但是这种普遍的见解显然有很大的难点，如果美本来是物的属性，则凡是长眼睛的人们应该都可以看到，应该都承认它美，好比一个人的高矮，有尺可量，是高大家就要都说高，是矮大家就要都说矮。但是美的估定就没有一个公认的标准。假如你说一个人美，我说她不美，你用什么方法可以说服我呢？有些人欢喜辛稼轩而讨厌温飞卿，有些人欢喜温飞卿而讨厌辛稼轩，这究竟谁是谁非呢？同是一个对象，有人说美，有人说丑，从此可知美本在物之说有些不妥了。

因此，有一派哲学家说美是心的产品。美如何是心的产品，他们的说法却不一致。康德以为美感判断是主观的而却有普遍性，因为人心的构造彼此相同。黑格尔以为美是在个别事物中见出“概念”或理想。比如你觉得峨嵋山美，由于它表现“庄严”“厚重”的概念。你觉得《孔雀东南飞》美，由于它表现“爱”与“孝”两个理想的冲突。托尔斯泰以为美的事物都含有宗教和道德的教训。此外还有许多其他的说法。说法既不一致，就只有都是错误的可能而没有都是不错的可能，好比一个数学题生出许多不同的答数一样。大约哲学家们都犯过信理智的毛病，艺术的欣赏大半是情感的而不是理智的。在觉得一件事物美时，我们纯凭直觉，并不是在下判断，如康德所说的；也不是在从个别事物中见出普遍原理，如黑格尔、托尔斯泰一班人所说的；因为这些都是科学的或实用的活动，而美感并不是科学的或实用的活动。还不仅此，美虽不完全在物而却非与物无关。你看到峨嵋山才觉到庄严、厚重，看到一个小土墩却不能觉到庄严、厚重。从此可知物须先有使人觉到美的可能性，人不能完全凭心灵创出美来。

依我们看，美不完全在外物，也不完全在人心，它是心物婚媾后所产生的婴儿。美感起于形相的直觉。形相属物而却不完全属于物，因为无我即无由见出形相；直觉属我而却不完全属于我，因为无物则直觉无从活动。美之中要有人情也要有物理，二者缺一都不能见出美。再拿欣赏古松的例子来说，松的苍翠劲直是物理，松的清风亮节是人情。从“我”的方面说，古松的形相并非天生自在的，同是一棵古松，千万人所见到的形相就有千万不同，所以每个形相都是每个人凭着人情创造出来的，每个人所见到的古松的形相就是每个人所创造的艺术品，它有艺术品通常所具的个性，它能表现各个人的性分和情趣。从“物”的方面说，创造都要有创造者和所创造物，所创造物并非从无中生有，也要有若干材料，这材料也要有创造成美的可能性。松所生的意象和柳所生的意象不同，和癞虾蟆所生的意象又不同。所以松的形相这一个艺术品的成功，一半是我的贡献，一半是松的贡献。

这里我们要进一步研究我与物如何相关了。何以有些事物使我觉得美，有些事物使我觉得丑呢？我们最好用一个浅例来说明这个道理。比如我们看左列六条垂直线，往往把它们看成三个柱子，觉得这三个柱子所围的空间（即a与b、c与d和e与f所围的空间）离我们较近，而b与c以及d与e所围的空间则看成背景，离我们较远。还不仅此。我们把这六条垂直线摆在一块看，它们仿佛自成一个谐和的整体；至于g与h两条没有规律的线则仿佛是这整体以外的东西，如果勉强把它搭上前面的六条线一块看，就觉得它不和谐。

（1）a与b、c与d、e与f距离都相等。

（2）b与c、d与e距离相等，略大于a与b的距离。

（3）f与g的距离较b与c的距离大。

（4）a、b、c、d、e、f为六条平行垂直线，g与h为两条没有规律的线。

从这个有趣的事实，我们可以看出两个很重要的道理：

（一）最简单的形相的直觉都带有创造性。把六条垂直线看成三个柱子，就是直觉到一种形相。它们本来同是垂直线，我们把a和b选在一块看，却不把b和c选在一块看；同是直线所围的空间，本来没有远近的分别，我们却把a、b中空间看得近，把b、c中空间看得远。从此可知在外物者原来是散漫混乱，经过知觉的综合作用，才现出形相来。形相是心灵从混乱的自然中所创造成的整体。

（二）心灵把混乱的事物综合成整体的倾向却有一个限制，事物也要本来就有可综合为整体的可能性。a至f六条线可以看成一个整体，g与h两条线何以不能纳入这个整体里面去呢？这里我们很可以见出在觉美觉丑时心和物的关系。我们从左看到右时，看出c、d和a、b相似，d、e又和b、c相似。这两种相似的感觉便在心中形成一个有规律的节奏，使我们预料此后都可由此例推，右边所有的线都顺着左边诸线的节奏。视线移到e、f两线时，所预料的果然出现，e、f果然与c、d也相似。预料而中，自然发生一种快感。但是我们再向右看，看到g与h两线时，就猛然与前不同，不但g和f的距离猛然变大，原来是像柱子的平行垂直线，现在却是两条毫无规律的线。这是预料不中，所以引起不快感。因此g与h两线不但在物理方面和其他六条线不同，在情感上也和它们不能谐和的，所以被摈于整体之外。

这里所谓“预料”自然不是有意的，好比深夜下楼一样，步步都踏着一步梯，就无意中预料以下都是如此，倘若猛然遇到较大的距离，或是踏到平地，才觉得这是出于意料。许多艺术都应用规律和节奏，而规律和节奏所生的心理影响都以这种无意的预料为基础。

懂得这两层道理，我们就可以进一步来研究美与自然的关系了。一般人常欢喜说“自然美”，好像以为自然中已有美，纵使没有人去领略它，美也还是在那里。这种见解就是我们在上文已经驳过的美本在物的说法。其实“自然美”三个字，从美学观点看，是自相矛盾的，是“美”就不“自然”，只是“自然”就还没有成为“美”。说“自然美”就好比说上文六条垂直线已有三个柱子的形相一样。如果你觉得自然美，自然就已经过艺术化，成为你的作品，不复是生糙的自然了。比如你欣赏一棵古松，一座高山，或是一湾清水，你所见到的形相已经不是松、山、水的本色，而是经过人情化的。各人的情趣不同，所以各人所得于松、山、水的也不一致。

流行语中有一句话说得极好：“情人眼底出西施。”美的欣赏极似“柏拉图式的恋爱”。你在初尝恋爱的滋味时，本来也是寻常血肉做的女子却变成你的仙子。你所理想的女子的美点她都应有尽有。在这个时候，你眼中的她也不复是她自己原身而是经你理想化过的变形。你在理想中先酝酿成一个尽美尽善的女子，然后把她外射到你的爱人身上去，所以你的爱人其实不过是寄托精灵的躯骸。你只见到精灵，所以觉得无瑕可指；旁人冷眼旁观，只见到躯骸，所以往往诧异道：“他爱上她，真是有些奇怪。”一言以蔽之，恋爱中的对象是已经艺术化过的自然。

美的欣赏也是如此，它也是把自然加以艺术化。所谓艺术化就是人情化和理想化。不过美的欣赏和寻常恋爱有一个重要的异点。寻常恋爱都带有很强烈的占有欲，你既恋爱一个女子，就有意无意地存有“欲得之而甘心”的态度。美感的态度则丝毫不带占有欲。一朵花无论是生在邻家的园子里或是插在你自己的瓶子里，你只要能欣赏，它都是一样美。老子所说的“为而不有，功成而不居”，可以说是美感态度的定义。古董商和书画金石收藏家大半都抱有“奇货可居”的态度，很少有能真正欣赏艺术的。我在上文说过，美的欣赏极似“柏拉图式的恋爱”，所谓“柏拉图式的恋爱”对于所爱者也只是无所为而为的欣赏，不带占有欲。这种恋爱是否可能，颇有人质疑，但是历史上有多少著例，凡是到极浓度的初恋者也往往可以达到胸无纤尘的境界。

谈在卢佛尔宫所得的一个感想

朋友：

去夏访巴黎卢佛尔宫，得摩挲《蒙娜丽莎》肖像的原迹，这是我生平一件最快意的事。凡是第一流美术作品都能使人在微尘中见出大千，在刹那中见出终古。列昂纳多·达·芬奇（Leonardo da Vinci）的这幅半身美人肖像纵横都不过十几寸，可是她的意蕴多么深广！佩特（Walter Pater）在《文艺复兴论》里说希腊、罗马和中世纪的特殊精神都在这一幅画里表现无遗。我虽然不知道佩特所谓希腊的生气、罗马的淫欲和中世纪的神秘是什么一回事，可是从那轻盈笑靥里我仿佛窥透人世的欢爱和人世的罪孽。虽则见欢爱而无留恋，虽则见罪孽而无畏惧。一切希冀和畏避的念头在霎时间都涣然冰释，只游心于和谐静穆的意境。这种境界我在贝多芬乐曲里，在《密罗斯爱神》雕像里，在《浮士德》诗剧里，也常隐约领略过，可是都不如《蒙娜丽莎》所表现的深刻明显。

我穆然深思，我悠然遐想，我想象到中世纪人们的热情，想象到列昂纳多作此画时费四个寒暑的精心结构，想象到丽莎夫人临画时听到四周的缓歌慢舞，如何发出那神秘的微笑。

正想得发呆时，这中世纪的甜梦忽然被现世纪的足音惊醒，一个法国向导领着一群四五十个男的女的美国人蜂拥而来了。向导操很拙劣的英语指着说："这就是著名的《蒙娜丽莎》。"那班肥颈项胖乳房的人们照例露出几种惊奇的面孔，说出几个处处用得着的赞美的形容词，不到三分钟又蜂拥而去了。一年四季，人们尽管川流不息的这样蜂拥而来蜂拥而去，丽莎夫人却时时刻刻在那儿露出你不知道是怀善意还是怀恶意的微笑。

从观赏《蒙娜丽莎》的群众回想到《蒙娜丽莎》的作者，我登时发生一种不调和的感触，从中世纪到现世纪，这中间有多么深多么广的一条鸿沟！中世纪的旅行家一天走上二百里已算飞快，现在坐飞艇不用几十分钟就可走几百里了。中世纪的著作家要发行书籍须得请僧侣或抄胥用手抄写，一个人朝于斯夕于斯的，一年还不定能抄完一部书；现在大书坊每日可出书万卷，任何人都可以出文集诗集了。中世纪许多书籍是新奇的，连在近代，以培根、笛卡儿那样渊博，都没有机会窥亚里士多德的全豹，近如包慎伯到三四十岁时才有一次机会借阅《十三经注疏》，现在图书馆林立，贩夫走卒也能博通上下古今了。中世纪画《蒙娜丽莎》的人须自己制画具自己配颜料，作一幅画往往须三年五载才可成功，现在美术家每日可以成几幅乃至于十几幅“创作”了。中世纪人想看《蒙娜丽莎》须和作者或他的弟子有交谊，真能欣赏他，才能侥幸一饱眼福，现在卢佛尔宫好比十字街，任人来任人去了。

这是多么深多么广的一条鸿沟！据历史家说，我们已跨过了这鸿沟，所以我们现代文化比中世纪进步得多了。话虽如此说，而我对着《蒙娜丽莎》和观赏《蒙娜丽莎》的群众，终不免有所怀疑，有所惊惜。

在这个现世纪忙碌的生活中，哪里还能找出三年不窥园、十年成一赋的人？哪里还能找出深通哲学的磨镜匠，或者行乞读书的苦学生？现代科学和道德信条都比从前进步了，哪里还能迷信宗教崇尚侠义？我们固然没有从前人的呆气，可是我们也没有从前人的苦心与热情了。别的不说，就是看《蒙娜丽莎》也只像看破烂朝报了。

科学愈进步，人类征服环境的能力也愈大。征服环境的能力愈大，的确是人生一大幸福。但是它同时也易生流弊。困难日益少，而人类也愈把事情看得太容易，做一件事不免愈轻浮粗率，而坚苦卓绝的成就也便日益稀罕。比方从纽约到巴黎还像从前乘帆船时要经许多时日，冒许多危险，美国人穿过卢佛尔宫决不会像他们穿过巴黎香榭丽舍街一样匆促。我很坚决的相信，如果美国人所谓“效率”（efficiency）以外，还有其他标准可估定人生价值，现代文化至少含有若干危机的。

“效率”以外究竟还有其他估定人生价值的标准么？

要回答这个问题，我们最好拿法国越姆（Reims）、亚米安（Amiens）各处几个中世纪的大教寺和纽约一座世界最高的钢铁房屋相比较。或者拿一幅湘绣和杭州织锦相比较，便易明白。如只论“效率”，杭州织锦和纽约的钢铁房屋都是一样机械的作品，较之湘绣和越姆大教寺，费力少而效率差不多，总算没有可指摘之点。但是刺湘绣的闺女和建筑中世纪大教寺的工程师在工作时，刺一针线或叠一块砖，都要费若干心血，都有若干热情在后面驱遣，他们的心眼都钉在他们的作品上，这是近代只讲“效率”的工匠们所诧为呆拙的。织锦和钢铁房屋用意只在适用，而湘绣和中世纪建筑于适用以外还要能慰情，还要能为作者力量气魄的结晶，还要能表现理想与希望。假如这几点在人生和文化上自有意义与价值，“效率”决不是唯一的估定价值的标准，尤其不是最高品的估定价值的标准。最高品估定价值的标准一定要着重人的成分（human element），遇见一种工作不仅估量它的成功如何，还有问它是否由努力得来的，是否为高尚理想与伟大人格之表现。如果它是经过努力而能表现理想与人格的工作，虽然结果失败了，我们也得承认它是有价值的。这个道理布朗宁（Browning）在 *Rabbi Ben Ezra* 那篇诗里说得最精透，我不会翻译，只择几段出来让你自己去玩味：

Not on the vulgar mass

Called “Work”, must sentence pass,
Things done, that took the eye and had the price;
O'er which, from level stand,
The low world laid its hand,
Found straightway to its mind, could value in a trice:
But all, the world's coarse thumb
And finger failed to plumb,
So passed in making up the main account:
All instinct immature,
All purposes unsure,
That weighed not as his work, yet swelled the man's amount:
Thoughts hardly to be packed
Into a narrow act,
Fancies that broke through language and escaped:
All I could never be,
All, men ignored in me.
This, I was worth to God, whose wheel the pitcher shaped.

这几段诗在我生平所给的益处最大。我记得这几句话，所以能惊赞热烈的失败，能欣赏一般人所嗤笑的呆气和空想，能景仰不计成败的坚苦卓绝的努力。

假如我的十二封信[1]对于现代青年能发生毫末的影响，我尤其虔心默祝这封信所宣传的超“效率”的估定价值的标准能印入个个读者的心孔里去；因为我所知道的学生们、学者们和革命家们都太贪容易，太浮浅粗疏，太不能深入，太不能耐苦，太类似美国旅行家看《蒙娜丽莎》了。

光　潜

① 本文选自《给青年的十二封信》，故有此一说，后文亦同。

谈美感教育

世间事物有真善美三种不同的价值，人类心理有知情意三种不同的活动。这三种心理活动恰和三种事物价值相当：真关于知，善关于意，美关于情。人能知，就有好奇心，就要求知，就要辨别真伪，寻求真理。人能发意志，就要想好，就要趋善避恶，造就人生幸福。人能动情感，就爱美，就欢喜创造艺术，欣赏人生自然中的美妙境界。求知、想好、爱美，三者都是人类天性；人生来就有真善美的需要，真善美具备，人生才完美。

教育的功用就在顺应人类求知、想好、爱美的天性，使一个人在这三方面得到最大限度的调和的发展，以达到完美的生活。“教育”一词在西文为education，是从拉丁动词 educare来的，原义是“抽出”，所谓“抽出”就是“启发”。教育的目的在“启发”人性中所固有的求知、想好、爱美的本能，使它们尽量生展。中国儒家的最高的人生理想是“尽性”。他们说：“能尽人之性则能尽物之性，能尽物之性则可以赞天地之化育。”教育的目的可以说就是使人“尽性”，“发挥性之所固有”。

物有真善美三面，心有知情意三面，教育求在这三方面同时发展，于是有智育、德育、美育三节目。智育叫人研究学问，求知识，寻真理；德育叫人培养良善品格，学做人处世的方法和道理；美育叫人创造艺术，欣赏艺术与自然，在人生世相中寻出丰富的兴趣。三育对于人生本有同等的重要，但是在流行教育中，只有智育被人看重，德育在理论上的重要性也还没有人否认，至于美育则在实施与理论方面都很少有人顾及。二十年前蔡孑民先生一度提倡过“美育代宗教”，他的主张似没有发生多大的影响。还有一派人不但忽略美育，而且根本仇视美育。他们仿佛觉得艺术有几分不道德，美育对于德育有妨碍。希腊大哲学家柏拉图就以为诗和艺术是说谎的，逢迎人类卑劣情感的，多受诗和艺术的熏染，人就会失去理智的控制而变成情感的奴隶，所以他对诗人和艺术家说了一番客气话之后，就把他们逐出“理想国”的境外。中世纪耶稣教徒的态度很类似。他们以倡苦行主义求来世的解脱，文艺是现世中一种快乐，所以被看成一种罪孽。近代哲学家中卢梭是平等自由说的倡导者，照理应该能看得宽远一点，但是他仍是怀疑文艺，因为他把文艺和文化都看成朴素天真的腐化剂。托尔斯泰对近代西方艺术的攻击更丝毫不留情面，他以为文艺常传染不道德的情感，对于世道人心影响极坏。他在《艺术论》里说：“每个有理性有道德的人应该跟着柏拉图以及耶回教师，把这问题重新这样决定：宁可不要艺术，也莫再让现在流行的腐化的虚伪的艺术继续下去。”

这些哲学家和宗教家的根本错误在认定情感是恶的，理性是善的，人要能以理性镇压感情，才达到至善。这种观念何以是错误的呢？人是一种有机体，情感和理性既都是天性固有的，就不容易拆开。造物不浪费，给我们一份家当就有一份的用处。无论情感是否可以用理性压抑下去，纵是压抑下去，也是一种损耗，一种残废。人好比一棵花草，要根茎枝叶花实都得到平均的和谐的发展，才长得繁茂有生气。有些园丁不知道尽草木之性，用人工去歪曲自然，使某一部分发达到超出常态，另一部分则受压抑摧残。这种畸形发展是不健康的状态，在草木如此，在人也是如此。理想的教育不是摧残一部分天性而去培养另一部分天性，以致造成畸形的发展，理想的教育是让天性中所有的潜蓄力量都得尽量发挥，所有的本能都得平均调和发展，以造成一个全人。所谓“全人”除体格强壮以外，心理方面真善美的需要必都得到满足。只顾求知而不顾其他的人是书虫，只讲道德而不顾其他的人是枯燥迂腐的清教徒，只顾爱美而不顾其他的人是颓废的享乐主义者。这三种人都不是全人而是畸形人，精神方面的驼子、跛子。养成精神方面的驼子、跛子的教育是无可辩护的。

美感教育是一种情感教育。它的重要我们的古代儒家是知道的。儒家教育特重诗，以为它可以兴观群怨；又特重礼乐，以为“礼以制其宜，乐以导其和”。《论语》有一段话总述儒家教育宗旨说：“兴于诗，立于礼，成于乐。”诗、礼、乐三项可以说都属于美感教育。诗与乐相关，目的在怡情养性，养成内心的和谐（harmony）；礼重仪节，目的在使行为仪表就规范，养成生活上的秩序（order）。蕴于中的是性情，受诗与乐的陶冶而达到和谐；发于外的是行为仪表，受礼的调节而进到秩序。内具和谐而外具秩序的生活，从伦理观点看，是最善的；从美感观点看，也是最美的。儒家教育出来的人要在伦理和美感观点都可以看得过去。这是儒家教育思想中最值得注意的一点。他们的着重点无疑地是在道德方面，德育是他们的最后鹄的，这是他们与西方哲学家、宗教家柏拉图和托尔斯泰诸人相同的。不过他们高于柏拉图和托尔斯泰诸人，因为柏拉图和托尔斯泰诸人误认美育可以妨碍德育，而儒家则认定美育为德育的必由之径。道德并非陈腐条文的遵守，而是至性真情的流露。所以德育从根本做起，必须怡情养性。美感教育的功用就在怡情养性，所以是德育的基础功夫。严格地说，善与美不但不相冲突，而且到最高境界根本是一回事，它们的必有条件同是和谐与秩序。从伦理观点看，美是一种善；从美感观点看，善也是一种美。所以在古希腊文与近代德文中，美善只有一个字，在中文和其他近代语文中，“善”与“美”二字虽分开，仍可互相替用。真正的善人对于生活不苟且，犹如艺术家对于作品不苟且一样。过一世生活好比做一篇文章，文章求惬心贵当，生活也须求惬心贵当。我们嫌恶行为上的鄙卑龌龊，不仅因其不善，也因其丑，我们赞赏行为上的光明磊落，不仅因其善，也因其美，一个真正有美感修养的人必定同时也有道德修养。

美育为德育的基础，英国诗人雪莱在《诗的辩护》里也说得透辟。他说：

道德的大原在仁爱，在脱离小我，去体验我以外的思想行为和体态的美妙。一个人如果真正做善人，必须能深广地想象，必须能设身处地替旁人想，人类的忧喜苦乐变成他的忧喜苦乐。要达到道德上的善，最大的途径是想象；诗从这根本上做功夫，所以能发生道德的影响。

换句话说，道德起于仁爱，仁爱就是同情，同情起于想象。比如你哀怜一个乞丐，你必定先能设身处地想象他的痛苦。诗和艺术对于主观的情境必能“出乎其外”，对于客观的情境必能“入乎其中”，在想象中领略它、玩索它，所以能扩大想象，培养同情。这种看法也与儒家学说暗合。儒家在诸德中特重“仁”，“仁”近于耶稣教的“爱”、佛教的“慈悲”，是一种天性，也是一种修养。仁的修养就在诗。儒家有一句很简赅深刻的话：“温柔敦厚诗教也。”诗教就是美育，温柔敦厚就是仁的表现。

美育不但不妨害德育而且是德育的基础，如上所述。不过美育的价值还不仅在此。西方人有一句恒言说："艺术是解放的，给人自由的。"（Art is liberative.）这句话最能见出艺术的功用，也最能见出美育的功用。现在我们就在这句话的意义上发挥。从哪几方面看，艺术和美育是"解放的，给人自由的"呢？

第一，是本能冲动和情感的解放。人类生来有许多本能冲动和附带的情感，如性欲、生存欲、占有欲、爱、恶、怜、惧之类。本着自然倾向，它们都需要活动，需要发泄。但是在实际生活中，它们不但常彼此互相冲突，而且与文明社会的种种约束如道德、宗教、法律、习俗之类不相容。我们每个人都知道，本能冲动和欲望是无穷的，而实际上有机会实现的却寥寥有数。我们有时察觉到本能冲动和欲望不大体面，不免起羞恶之心，硬把它们压抑下去；有时自己对它们虽不羞恶而社会的压力过大，不容它们赤裸裸地暴露，也还是被压抑下去。性欲是一个最显著的例。从前哲学家、宗教家大半以为这些本能冲动和情感都是卑劣的、不道德的、危险的，承认压抑是最好的处置。他们的整部道德信条有时只在理智镇压情欲。我们在上文指出这种看法的不合理，说它违背平均发展的原则，容易造成畸形发展。其实它的祸害还不仅此。弗洛伊德（Freud）派心理学告诉我们，本能冲动和附带的情感仅可暂时压抑而不可永远消灭，它们理应有自由活动的机会，如果勉强被压抑下去，表面上像是消灭了，实际上在隐意识里凝聚成精神上的疮疖，为种种变态心理和精神病的根源。依弗洛伊德看，我们现代文明社会中人因受道德、宗教、法律、习俗的裁制，本能冲动和情感常难得正常的发泄，大半都有些“被压抑的欲望”所凝成的“情意综”（complexes）。这些情意综潜蓄着极强烈的捣乱力，一旦爆发，就成精神上种种病态。但是这种潜力可以藉文艺而发泄，因为文艺所给的是想象世界，不受现实世界的束缚和冲突，在这想象世界中，欲望可以用“望梅止渴”的办法得到满足。文艺还把带有野蛮性的本能冲动和情感提到一个较高尚较纯洁的境界去活动，所以有升华作用（sublimation）。有了文艺，本能冲动和情感才得自由发泄，不致凝成疮疖酿精神病，它的功用有如机器方面的“安全瓣”（safety volve）。弗洛伊德的心理学有时近于怪诞，但实含有一部分真理。文艺和其他美感活动给本能冲动和情感以自由发泄的机会，在日常经验中也可以得到证明。我们每当愁苦无聊时，费一点工夫来欣赏艺术作品或自然风景，满腹的牢骚就马上烟消云散了。读古人痛快淋漓的文章，我们常有“先得我心”的感觉。看过一部戏或是读过一部小说之后，我们觉得曾经紧张了一阵是一件痛快事。这些快感都起于本能冲动和情感在想象世界中得解放。最好的例子是歌德著《少年维特之烦恼》的经过。他少时爱过一个已经许人的女子，心里痛苦已极，想自杀以了一切。有一天他听到一位朋友失恋自杀的消息，想到这事和他自己的境遇相似，可以写成一部小说。他埋头两礼拜，写成《少年维特之烦恼》，把自己心中怨慕愁苦的情绪一齐倾泻到书里，书成了，他的烦恼便去了，自杀的念头也消了。从这实例看，文艺确有解放情感的功用，而解放情感对于心理健康也确有极大的裨益，我们通常说一个人情感要有所寄托，才不致苦恼烦闷，文艺是大家公认为寄托情感的最好的处所。所谓“情感有所寄托”还是说它要有地方可以活动，可得解放。

其次，是眼界的解放。宇宙生命时时刻刻在变动进展中，希腊哲人有“濯足急流，抽足再入，已非前水”的譬喻，所以在这种变动进展的过程中每一时每一境都是个别的、新鲜的、有趣的。美感经验并无深文奥义，它只在人生世相中见出某一时某一境特别新鲜有趣而加以流连玩味，或者把它描写出来。这句话中“见”字最紧要。我们一般人对于本来在那里的新鲜有趣的东西不容易“见”着。这是什么缘故呢？不能“见”必有所蔽。我们通常把自己囿在习惯所画成的狭小圈套里，让它把眼界“蔽”着，使我们对它以外的世界都视而不见、听而不闻。比如我们如果囿于饮食男女，饮食男女以外的事物就见不着；囿于奔走钻营，奔走以外的事就见不着。有人向海边农夫称赞他的门前海景美，他很羞涩地指着屋后菜园说：“海没有什么，屋后的一园菜倒还不差。”一园菜囿住了他，使他不能见到海景美。我们每个人都有所囿，有所蔽，许多东西都不能见，所见到的天地是非常狭小的、陈腐的、枯燥的。诗人和艺术家所以超过我们一般人者就在情感比较真挚、感觉比较锐敏、观察比较深刻、想象比较丰富。我们“见”不着的他们“见”得着，并且他们“见”得到就说得出，我们本来“见”不着的他们“见”着说出来了，就使我们也可以“见”着。像一位英国诗人所说的，他们“借他们的眼睛给我们看”（They lend their eyes for us to see）。中国人爱好自然风景的趣味是陶、谢、王、韦诸诗人所传染的。在Turner①和Whistler②以前，英国人就没有注意到泰晤士河上有雾。Byron③以前，欧洲人很少赞美威尼斯。前一世纪的人崇拜自然，常咒骂城市生活和工商业文化，但是现代美国、俄国的文学家有时把城市生活和工商业文化写得也很有趣。人生的罪孽灾害通常只引起忿恨，悲剧却教我们于罪孽灾祸中见出伟大庄严；丑陋乖讹通常只引起嫌恶，喜剧却教我们在丑陋乖讹中见出新鲜的趣味。Rembrandt④ 画过一些疲癃残疾的老人以后，我们见出丑中也

---

① 透纳（Joseph Mallord William Turner），19世纪上半叶英国学院派画家代表，以善于描绘光与空气的微妙关系而闻名。

② 惠斯勒（James Abbott McNeill Whistler），19世纪末美国唯美主义画家、蚀刻家。

③ 拜伦（George Gordon Byron），19世纪初英国浪漫主义诗人。

④ 伦勃朗（Rembrandt Harmenszoon van Rijn），17世纪荷兰著名画家，欧洲巴洛克绘画艺术代表画家之一。

还有美。象征诗人出来以后，许多一纵即逝的情调使我们觉得精细微妙，特别值得留恋。文艺逐渐向前伸展，我们的眼界也逐渐放大，人生世相越显得丰富华严。这种眼界的解放给我们不少的生命力量，我们觉得人生有意义、有价值，值得活下去。许多人嫌生活干燥，烦闷无聊，原因就在缺乏美感修养，见不着人生世相的新鲜有趣。这种人最容易堕落颓废，因为生命对于他们失去意义与价值。“哀莫大于心死”，所谓“心死”就是对于人生世相失去解悟与留恋，就是不能以美感态度去观照事物。美感教育不是替有闲阶级增加一件奢侈，而是使人在丰富华严的世界中随处吸收支持生命和推展生命的活力。朱子有一首诗说：“半亩方塘一鉴开，天光云影共徘徊。问渠那得清如许？为有源头活水来。”这诗所写的是一种修养的胜境。美感教育给我们的就是“源头活水”。

第三，是自然限制的解放。这是德国唯心派哲学家康德、席勒、叔本华、尼采诸人所最着重的一点，现在我们用浅近语来说明它。自然世界是有限的，受因果律支配的，其中毫末细故都有它的必然性，因果线索命定它如此，它就丝毫移动不得。社会由历史铸就，人由遗传和环境造成。人的活动寸步离不开物质生存条件的支配，没有翅膀就不能飞，绝饮食就会饿死。由此类推，人在自然中是极不自由的。动植物和非生物一味顺从自然，接受它的限制，没有过分希冀，也就没有失望和痛苦。人却不同，他有心灵，有不可压的欲望，对于无翅不飞、绝食饿死之类事实总觉有些歉然。人可以说是两重奴隶，第一服从自然的限制，其次要受自己的欲望驱使。以无穷欲望处有限自然，人便觉得处处不如意、不自由，烦闷苦恼都由此起。专就物质说，人在自然面前是很渺小的，他的力量抵不住自然的力量，无论你有如何大的成就，到头终不免一死，而且科学告诉我们，人类一切成就到最后都要和诸星球同归于毁灭，在自然圈套中求征服自然是不可能的，好比孙悟空跳来跳去，终跳不出如来佛的掌心。但是在精神方面，人可以跳开自然的圈套而征服自然，他可以在自然世界之外另在想象中造出较能合理慰情的世界。这就是艺术的创造。在艺术创造中可以把自然拿在手里来玩弄，剪裁它、锤炼它，重新给以生命与形式。每一部文艺杰作以至于每人在人生自然中所欣赏到的美妙境界都是这样创造出来的。美感活动是人在有限中所挣扎得来的无限，在奴属中所挣扎得来的自由。在服从自然限制而汲汲于饮食男女的寻求时，人是自然的奴隶；在超脱自然限制而创造欣赏艺术境界时，人是自然的主宰，换句话说，就是上帝。多受些美感教育，就是多学会如何从自然限制中解放出来，由奴隶变成上帝，充分地感觉人的尊严。

爱美是人类天性，凡是天性中所固有的必须趁适当时机去培养，否则像花草不及时下种及时培植一样，就会凋残萎谢。达尔文在自传里懊悔他一生专在科学上做功夫，没有把他年轻时对于诗和音乐的兴趣保持住，到老来他想用诗和音乐来调剂生活的枯燥，就抓不回年轻时那种兴趣，觉得从前所爱好的诗和音乐都索然无味。他自己说这是一部分天性的麻木，这是一个很好的前车之鉴。美育必须从年轻时就下手，年纪愈大，外务日纷繁，习惯的牢笼愈坚固，感觉愈迟钝，心里愈复杂，欣赏艺术力也就愈薄弱。我时常想，无论学哪一科专门学问，干哪一行职业，每个人都应该会听音乐，不断地读文学作品，偶尔有欣赏图画、雕刻的机会。在西方社会中这些美感活动是每个受教育者的日常生活中的重要节目。我们中国人除专习文学艺术者以外，一般人对于艺术都漠不关心，这是最可惋惜的事，它多少表示民族生命力的低降与精神的颓靡。从历史看，一个民族在最兴旺的时候，艺术成就必伟大，美育必发达。史诗悲剧时代的希腊、文艺复兴时代的意大利、莎士比亚时代的英国、歌德和贝多芬时代的德国都可以为证。我们中国人古代对于诗乐舞的嗜好也极普遍。《诗经》《礼记》《左传》诸书所记载的歌乐舞的盛况常使人觉得仿佛是置身近代欧洲社会。孔子处周衰之际，特置慨于诗亡乐坏，也是见到美育与民族兴衰的关系密切。现在我们要想复兴民族，必须恢复周以前歌乐舞的盛况，这就是说，必须提倡普及的美感教育。

辑二

世上最快活的人，是最会领略的人

所谓领略，就是能在生活中寻出趣味。能处处领略到趣味的人决不至于岑寂，也决不至于烦闷。

谈　动

朋友：

从屡次来信看，你的心境近来似乎很不宁静。烦恼究竟是一种暮气，是一种病态，你还是一个十八九岁的青年，就这样颓唐沮丧，我实在替你担忧。

一般人欢喜谈玄，你说烦恼，他便从“哲学辞典”里拖出“厌世主义”“悲观哲学”等等堂哉皇哉的字样来叙你的病由。我不知道你感觉如何，我自己从前仿佛也尝过烦恼的况味，我只觉得忧来无方，不但人莫之知，连我自己也莫名其妙，哪里有所谓哲学与人生观！我也些微领过哲学家的教训：在心气和平时，我景仰希腊廊下派哲学者，相信人生当皈依自然，不当存有嗔喜贪恋；我景仰托尔斯泰，相信人生之美在宥与爱；我景仰布朗宁，相信世间有丑才能有美，不完全乃真完全；然而外感偶来，心波立涌，拿天大的哲学，也抵挡不住。这固然是由于缺乏修养，但是青年们有几个修养到“不动心”的地步呢？从前长辈们往往拿“应该不应该”的大道理向我说法。他们说，像我这样一个青年应该活泼泼的，不应该暮气沉沉的，应该努力做学问，不应该把自己的忧乐放在心头。谢谢罢，请留着这副“应该”的方剂，将来患烦恼的人还多呢！

朋友，我们都不过是自然的奴隶，要征服自然，只得服从自然。违反自然，烦恼才乘虚而入，要排解烦闷，也须得使你的自然冲动有机会发泄。人生来好动，好发展，好创造。能动，能发展，能创造，便是顺从自然，便能享受快乐；不动，不发展，不创造，便是摧残生机，便不免感觉烦恼。这种事实在流行语中就可以见出，我们感觉快乐时说“舒畅”，不感觉快乐时说“抑郁”。这两个字样可以用作形容词，也可以用作动词。用作形容词时，它们描写快或不快的状态；用作动词时，我们可以说它们说明快或不快的原因。你感觉烦恼，因为你的生机被抑郁；你要想快乐，须得使你的生机能舒畅，能宣泄。流行语中又有“闲愁”的字样，闲人大半易于发愁，就因为闲时生机静止而不舒畅。青年人比老年人易于发愁些，因为青年人的生机比较强旺。小孩子们的生机也很强旺，然而不知道愁苦，因为他们时时刻刻的游戏，所以他们的生机不至于被抑郁。小孩子们偶尔不很乐意，便放声大哭，哭过了气就消去。成人们感觉烦恼时也还要拘礼节，哪能由你放声大哭呢？吃黄连苦在心头，所以愈觉其苦。歌德少时因失恋而想自杀，幸而他的文机动了，埋头两礼拜著成一部《少年维特之烦恼》，书成了，他的气也泄了，自杀的念头也打消了。你发愁时并不一定要著书，你就读几篇哀歌，听一幕悲剧，借酒浇愁，也可以大畅胸怀。从前我很疑惑何以剧情愈悲而读之愈觉其快意，近来才悟得这个泄与郁的道理。

总之，愁生于郁，解愁的方法在泄；郁由于静止，求泄的方法在动。从前儒家讲心性的话，从近代心理学眼光看，都很粗疏，只有孟子的“尽性”一个主张，含义非常深广。一切道德学说都不免肤浅，如果不从“尽性”的基点出发。如果把“尽性”两字懂得透澈，我以为生活目的在此，生活方法也就在此。人性固然是复杂的，可是人是动物，基本性不外乎动。从动的中间我们可以寻出无限快慰。这个道理我可以拿两件小事来印证：从前我住在家里，自己的书房总欢喜自己打扫。每看到书籍零乱，灰尘满地，你亲自去洒扫一过，霎时间混浊的世界变成明窗净几，此时悠然就坐，游目骋怀，乃觉有不可言喻的快慰；再比方你自己是欢喜打网球的，当你起劲打球时，你还记得天地间有所谓烦恼么？

你大约记得晋人陶士行的故事。他老来罢官闲居，找不得事做，便去搬砖。晨间把一百块砖由斋里搬到斋外，暮间把一百块砖由斋外搬到斋里。人问其故，他说：“吾方致力中原，过尔优逸，恐不堪事。”他又尝对人说：“大禹圣人，乃惜寸阴，至于众人，当惜分阴。”其实惜阴何必定要搬砖，不过他老先生还很茁壮，借这个玩艺儿多活动活动，免得抑郁无聊罢了。

朋友，闲愁最苦！愁来愁去，人生还是那么样一个人生，世界也还是那么样一个世界。假如把自己看得伟大，你对于烦恼，当有“不屑”的看待；假如把自己看得渺小，你对于烦恼，当有“不值得”的看待；我劝你多打网球，多弹钢琴，多栽花，多搬砖弄瓦。假如你不欢喜这些玩艺儿，你就谈谈笑笑，跑跑跳跳，也是好的。就在此祝你

谈谈笑笑，

跑跑跳跳！

你的朋友，光潜

谈　静

朋友：

前信谈动，只说出一面真理。人生乐趣一半得之于活动，也还有一半得之于感受。所谓“感受”是被动的，是容许自然界事物感动我的感官和心灵。这两个字涵义极广。眼见颜色，耳闻声音，是感受；见颜色而知其美，闻声音而知其和，也是感受。同一美颜，同一和声，而各个人所见到的美与和的程度又随天资境遇而不同。比方路边有一棵苍松，你看见它只觉得可以砍来造船；我见到它可以让人纳凉；旁人也许说它很宜于入画，或者说它是高风亮节的象征。再比方街上有一个乞丐，我只能见到他的蓬头垢面，觉得他很讨厌；你见他便发慈悲心，给他一个铜子；旁人见到他也许立刻发下宏愿，要打翻社会制度。这几个人反应不同，都由于感受力有强有弱。

世间天才之所以为天才，固然由于具有伟大的创造力，而他的感受力也分外比一般人强烈。比方诗人和美术家，你见不到的东西他能见到，你闻不到的东西他能闻到。麻木不仁的人就不然，你就请伯牙向他弹琴，他也只联想到棉匠弹棉花。感受也可以说是“领略”，不过领略只是感受的一方面。世界上最快活的人不仅是最活动的人，也是最能领略的人。所谓领略，就是能在生活中寻出趣味。好比喝茶，渴汉只管满口吞咽，会喝茶的人却一口一口的细啜，能领略其中风味。

能处处领略到趣味的人决不至于岑寂，也决不至于烦闷。朱子有一首诗说：“半亩方塘一鉴开，天光云影共徘徊。问渠那得清如许？为有源头活水来。”这是一种绝美的境界。你姑且闭目一思索，把这幅图画印在脑里，然后假想这半亩方塘便是你自己的心，你看这首诗比拟人生苦乐多么惬当！一般人的生活干燥，只是因为他们的“半亩方塘”中没有天光云影，没有源头活水来，这源头活水便是领略得的趣味。

领略趣味的能力固然一半由于天资，一半也由于修养。大约静中比较容易见出趣味。物理上有一条定律说：两物不能同时并存于同一空间。这个定律在心理方面也可以说得通。一般人不能感受趣味，大半因为心地太忙，不空所以不灵。我所谓“静”，便是指心界的空灵，不是指物界的沉寂，物界永远不沉寂的。你的心境愈空灵，你愈不觉得物界沉寂，或者我还可以进一步说，你的心界愈空灵，你也愈不觉得物界喧嘈。所以习静并不必定要逃空谷，也不必定学佛家静坐参禅。静与闲也不同。许多闲人不必都能领略静中趣味，而能领略静中趣味的人，也不必定要闲。在百忙中，在尘市喧嚷中，你偶然间丢开一切，悠然遐想，你心中便蓦然似有一道灵光闪烁，无穷妙悟便源源而来。这就是忙中静趣。

我这番话都是替两句人人知道的诗下注脚。这两句诗就是："万物静观皆自得，四时佳兴与人同。"大约诗人的领略力比一般人都要大。近来看周作人的《雨天的书》引日本人小林一茶的一首俳句："不要打哪，苍蝇搓他的手，搓他的脚呢。"觉得这种情境真是幽美。你懂得这一句诗就懂得我所谓静趣。中国诗人到这种境界的也很多。现在姑且就一时所想到的写几句给你看：

> 鱼戏莲叶东，鱼戏莲叶西，鱼戏莲叶南，鱼戏莲叶北。
>
> ——古诗，作者姓名佚

> 山涤余霭，宇暧微霄。有风自南，翼彼新苗。
>
> ——陶渊明《时运》

> 采菊东篱下，悠然见南山。山气日夕佳，飞鸟相与还。
>
> ——陶渊明《饮酒》

目送飘鸿，手挥五弦。俯仰自得，游心太玄。

——嵇叔夜《送秀才从军》

倚杖柴门外，临风听暮蝉。渡头余落日，墟里上孤烟。

——王摩诘《赠裴迪》

像这一类描写静趣的诗，唐人五言绝句中最多。你只要仔细玩味，你便可以见到这个宇宙又有一种景象，为你平时所未见到的。梁任公的《饮冰室文集》里有一篇谈“烟士披里纯”，詹姆士的《与教员学生谈话》（James: *Talks To Teachers and Students*）里面有三篇谈人生观，关于静趣都说得很透辟。可惜此时这两部书都不在手边，不能录几段出来给你看。你最好自己到图书馆里去查阅。詹姆士的《与教员学生谈话》那三篇文章（最后三篇）尤其值得一读，记得我从前读这三篇文章，很受他感动。

静的修养不仅是可以使你领略趣味，对于求学处事都有极大帮助。释迦牟尼在菩提树阴静坐而证道的故事，你是知道的。古今许多伟大人物常能在仓皇扰乱中雍容应付事变，丝毫不觉张皇，就因为能镇静。现代生活忙碌，而青年人又多浮躁。你站在这潮流里，自然也难免跟着旁人乱嚷。不过忙里偶然偷闲，闹中偶然觅静，于身于心，都有极大裨益。你多在静中领略些趣味，不特你自己受用，就是你的朋友们看着你也快慰些。我生平不怕呆人，也不怕聪明过度的人，只是对着没有趣味的人，要勉强同他说应酬话，真是觉得苦也。你对着有趣味的人，你并不必多谈话，只是默然相对，心领神会，便可觉得朋友中间的无上至乐。你有时大概也发生同样感想罢?

眠食诸希珍重!

你的朋友，光潜

谈休息

在世界各民族中，我们中国人要算是最能刻苦耐劳的。第一是农人。他们日出而作，日入而息，不分阴晴冷暖，总是硬着头皮，流着血汗，忙个不休。一年之中，他们最多只能在过年过节时歇上三五天，你如果住在乡下，常看他们在炎天烈日下车水拔草，挑重担推重车上高坡，或是拉牵绳拖重载船上急滩，你对他们会起敬心也会起怜悯心，觉得他们虽是人，却在做牛马的工作，过牛马的生活。读书人比较算是有闲阶级，但在未飞黄腾达以前，也要经过一番艰苦的奋斗。从前私塾学生从天亮到半夜，都有规定的课程，休息对于他们是一个稀奇的名词。小学生们只有在先生打瞌睡时偷耍一阵，万一先生不打瞌睡，就只有找藉口逃学。从前读书人误会“自强不息”的意思，以为“不息”就是不要休息。十年不下楼、十年不窥园、囊萤刺股、发愤忘食之类的故事在读书人中传为美谈，奉为模范。近代学校教育比从前私塾教育似乎也并不轻松多少。从小学以至大学，功课都太繁重，每日除上六七小时课外还要看课本做练习。世界各国学校上课钟点之多，假期之短少，似没有比得上我们的。

这种刻苦耐劳的精神原可佩服，但是对于身心两方的修养却是极大的危害。最刻苦耐劳的是我们中国人，体格最羸弱而工作最不讲效率的也是我们中国人。这中间似不无密切关系。我们对于休息的重要性太缺乏彻底的认识了。它看来虽似小问题，却为全民族的生命力所关，不能不提出一谈。

自然界事物都有一个节奏。脉搏一起一伏，呼吸一进一出，筋肉一张一弛，以至日夜的更替，寒暑的来往，都有一个劳动和休息的道理在内。草木和虫豸在冬天要枯要眠，土壤耕种了几年之后须休息，连机器输电灯线也不能昼夜不息地工作。世间没有一件事物能在一个状态维持到久远的，生命就是变化，而变化都有一起一伏的节奏。跳高者为着要跳得高，先蹲着很低；演戏者为着造成一个紧张的局面，先来一个轻描淡写；用兵者守如处女，才能出如脱兔；唱歌者为着要拖长一个高音，先须深深地吸一口气。事例是不胜枚举的。世间固然有些事可以违拗自然去勉强，但是勉强也有它的限度。人的力量，无论是属于身或属于心的，到用过了限度时，必定是由疲劳而衰竭，由衰竭而毁灭。譬如弓弦，老是尽量地拉满不放松，结果必定是裂断。我们中国人的生活常像满引的弓弦，只图张的速效，不顾弛的蓄力，所以常在身心具惫的状态中。这是政教当局所必须设法改善的。

一般人以为多延长工作的时间就可以多收些效果，比如说，一天能走一百里路，多走一天，就可以多走一百里路，如此天天走着不歇，无论走得多久，都可以维持一百里的速度。凡是走过长路的人都知道算盘打得不很精确，走久了不歇，必定愈走愈慢，以至完全走不动。我们走路的秘诀，“不怕慢，只怕站”，实在只是片面的真理。永远站着固然不行，永远不站也不一定能走得远，不站就须得慢，慢有时延误事机；而偶尔站站却不至于慢，站后再走是加速度的唯一办法。我们中国人做事的通病就在怕站而不怕慢，慢条斯理地不死不活地往前挨，说不做而做着并没有歇，说做却并没有做出什么名色来。许多事就这样因循耽误了。我们只讲工作而不讲效率，在现代社会中，不讲效率，就要落后。西方各国都把效率看作一个迫切的问题，心理学家对这问题做了无数的实验，所得的结论是以同样时间去做同样工作，有休息的比没有休息的效率大得多。比如说，一长页的算学加法习题，继续不断地去做要费两点钟，如果先做五十分钟，继以二十分钟的休息，再做五十分钟，也还可以做完，时间上无损失而错误却较少。西方新式工厂大半都已应用这个原则去调节工作和休息的时间，结果工人的工作时间虽然少了，雇主的出品质量反而增加了。一般人以为休息是浪费时间，其实不休息的工作才真是浪费时间。此外还有精力的损耗更不经济。拿中国人与西方人相比，可工作的年龄至少有二十年的差别，我们到五六十岁就衰老无能为，他们那时还正年富力强，事业刚开始，这分别有多大！

休息不仅为工作蓄力，而且有时工作必须在休息中酝酿成熟。法国大数学家庞加莱研究数学上的难题，苦思不得其解，后来跑到街上闲逛，原来费尽气力不能解决的难题却于无意中就轻轻易易地解决了。据心理学家的解释，有意识作用的工作须得退到潜意识中酝酿一阵，才得着土生根。通常我们在放下一件工作之后，表面上似在休息，而实际上潜意识中那件工作还在进行，詹姆斯有"夏天学溜冰，冬天学泅水"的比喻，溜冰本来是前冬练习的，今夏无冰可溜，自然就想不到溜冰，算是在休息，但是溜冰的筋肉技巧却恰巧此时凝固起来。泅水也是如此，一切学习都如此。比如我们学写字，用功甚勤，进步总是显得很慢，有时甚至越写越坏。但是如果停下一些时候再写，就猛然觉得字有进步。进步之后又停顿，停顿之后又进步，如此辗转多次，字才易写得好。习字需要停顿，也是因为要有时间让筋肉技巧在潜意识中酝酿凝固。习字如此，习其他技术也是如此。休息的工夫并不是白费的，它的成就往往比工作的成就更重要。

《佛说四十二章经》里有一段故事，戒人为学不宜操之过急，说得很好：

沙门夜诵迦叶佛教遗经，其声悲紧，思悔欲退。佛问之曰："汝昔在家，曾为何业？"对曰："爱弹琴。"佛言："弦缓如何？”对曰：“不鸣矣。”“弦急如何？”对曰：“声绝矣。”“急缓得中如何？”对曰：“诸音普矣。”佛言：“沙门学道亦然。心若调适，道可得矣。于道若暴，暴即身疲；其身若疲，意即生恼；意若生恼，行即退矣。”

我国先儒如程朱诸子教人为学，亦常力戒急迫，主张“优游涵泳”。这四字含有妙理，它所指的工夫是猛火煎后的慢火煨，紧张工作后的潜意识的酝酿。要“优游涵泳”，非有充分休息不可。大抵治学和治事，第一件要事是清明在躬，从容而灵活，常做得自家的主宰，提得起也放得下。急迫躁进最易误事。我有时写字或作文，在意兴不佳或微感倦怠时，手不应心，心里愈想好，而写出来的愈坏，在此时仍不肯丢下，带着几分气忿的念头勉强写下去，写成要不得就扯去，扯去重写仍是要不得，于是愈写愈烦躁，愈烦躁也就写得愈不像样。假如在发现神志不旺时立即丢开，在乡下散步，吸一口新鲜空气，看看蓝天绿水，陡然间心旷神怡，回头来再伏案做事，便觉精神百倍，本来做得很艰苦而不能成功的事，现在做起来却有手挥目送之乐，轻轻易易就做成了。不但作文写字如此，要想任何事做得好，做时必须精神饱满，工作成为乐事。一有倦怠或烦躁的意思，最好就把它搁下休息一会儿，让精神恢复后再来。

人须有生趣才能有生机。生趣是在生活中所领略得的快乐，生机是生活发扬所需要的力量。诸葛武侯所谓“宁静以致远”就包含生趣和生机两个要素在内，宁静才能有丰富的生趣和生机，而没有充分休息做优游涵泳的工夫的人们决难宁静。世间有许多过于辛苦的人，满身是尘劳，满腔是杂念，时时刻刻都为环境的需要所驱遣，如机械一般流转不息，自己做不得自己的主宰，呆板枯燥，没有一点生人之趣。这种人是环境压迫的牺牲者，没有力量抬起头来驾驭环境或征服环境，在事业和学问上都难有真正的大成就。我认识许多穷苦的农人、孜孜不辍的老学究和一天在办公室坐八小时的公务员，都令我起这种感想。假如一个国家里都充满着这种人，我们很难想象出一个光明世界来。

基督教的《圣经》叙述上帝创造世界的经过，于每段工作完成之后都赘上一句说：“上帝看看他所做的事，看，每一件都很好！”到了第七天，上帝把他的工作都完成了，就停下来休息，并且加福于这第七天，因为在这一天他能够休息。这段简单的文字很可耐人寻味。我们不但需要时间工作，尤其需要时间对于我们所做的事回头看一看，看出它很好；并且工作完成了，我们需要一天休息来恢复疲劳的精神，领略成功的快慰。这一天休息的日子是值得“加福的”“神圣化的”（《圣经》里所用的字是 blessed and sanctified）。在现代紧张的生活中，我们“车如流水马如龙”地向前直滚，曾不留下一点时光做一番静观和回味，以至华严世相都在特别快车的窗子里滑了过去，而我们也只是轮回戏盘中的木人木马，有上帝的榜样在那里而我们不去学，岂不是浪费生命！

我生平最爱陶渊明在自祭文里所说的两句话："勤靡余劳，心有常闲。"上句是尼采所说的狄俄倪索斯的精神，下句即是阿波罗的精神。动中有静，常保存自我主宰，这是修养的极境，人事算尽了，而神仙福分也就在尽人事中享着。现代人的毛病是"勤有余劳，心无偶闲"。这毛病不仅使生活索然寡味，身心俱惫，于事劳而无功，而且使人心地驳杂，缺乏冲和弘毅的气象，日日困于名缰利锁，叫整个世界日趋于干枯黑暗。但丁描写魔鬼在地狱中受酷刑，常特别着重"不停留"或"无间断"的字样。"不停留""无间断"自身就是一种惩罚，甘受这种惩罚的人们是甘愿人间成为地狱，上帝的子孙们，让我们跟着他的榜样，加福于我们工作之后休息的时光啊！

谈读诗与趣味的培养

据我的教书经验来说，一般青年都欢喜听故事而不欢喜读诗。记得从前在中学里教英文，讲一篇小说时常有别班的学生来旁听；但是遇着讲诗时，旁听者总是瞟着机会逃出去。就出版界的消息看，诗是一种滞销货。一部大致不差的小说就可以卖钱，印出来之后一年中可以再版三版。但是一部诗集尽管很好，要印行时须得诗人自己掏腰包作印刷费，过了多少年之后，藏书家如果要买它的第一版，也用不着费高价。

从此一点，我们可以看出现在一般青年对于文学的趣味还是很低。在欧洲各国，小说固然也比诗畅销，但是没有在中国的这样大的悬殊，并且有时诗的畅销更甚于小说。据去年的统计，法国最畅销的书是波德莱尔的《病之花》。这是一部诗，而且并不是容易懂的诗。

一个人不欢喜诗，何以文学趣味就低下呢？因为一切纯文学都要有诗的特质。一部好小说或是一部好戏剧都要当作一首诗看。诗比别类文学较谨严，较纯粹，较精致。如果对于诗没有兴趣，对于小说戏剧散文等等的佳妙处也终不免有些隔膜。不爱好诗而爱好小说戏剧的人们大半在小说和戏剧中只能见到最粗浅的一部分，就是故事。所以他们看小说和戏剧，不问它们的艺术技巧，只求它们里面有有趣的故事。他们最爱读的小说不是描写内心生活或者社会真相的作品，而是《福尔摩斯侦探案》之类的东西。爱好故事本来不是一件坏事，但是如果要真能欣赏文学，我们一定要超过原始的童稚的好奇心，要超过对于《福尔摩斯侦探案》的爱好，去求艺术家对于人生的深刻的观照以及他们传达这种观照的技巧。第一流小说家不尽是会讲故事的人，第一流小说中故事大半只像枯树搭成的花架，用处只在撑扶住一园锦绣灿烂生气蓬勃的葛藤花卉。这些故事以外的东西就是小说中的诗。读小说只见到故事而没有见到它的诗，就像看到花架而忘记架上的花。要养成纯正的文学趣味，我们最好从读诗入手。能欣赏诗，自然能欣赏小说戏剧及其他种类文学。

如果只就故事说，陈鸿的《长恨歌传》未必不如白居易的《长恨歌》或洪昇的《长生殿》，元稹的《会真记》未必不如王实甫的《西厢记》，兰姆（Lamb）的《莎士比亚故事集》未必不如莎士比亚的剧本。但是就文学价值说，《长恨歌》《西厢记》和莎士比亚的剧本都远非它们所根据的或脱胎的散文故事所可比拟。我们读诗，须在《长恨歌》《西厢记》和莎士比亚的剧本之中寻出《长恨歌传》《会真记》和《莎士比亚故事集》之中所寻不出来的东西。举一个很简单的例来说，比如贾岛的《寻隐者不遇》：

松下问童子，言师采药去。只在此山中，云深不知处。

或是崔颢的《长干行》：

君家何处住？妾住在横塘。停舟暂借问，或恐是同乡。

里面也都有故事，但是这两段故事多么简单平凡？两首诗之所以为诗，并不在这两个故事，而在故事后面的情趣，以及抓住这种简朴而隽永的情趣，用一种恰如其分的简朴而隽永的语言表现出来的艺术本领。这两段故事你和我都会说，这两首诗却非你和我所做得出，虽然从表面看起来，它们是那么容易。读诗就要从此种看来虽似容易而实在不容易做出的地方下功夫，就要学会了解此种地方的佳妙。对于这种佳妙的了解和爱好就是所谓“趣味”。

各人的天资不同，有些人生来对于诗就感觉到趣味，有些人生来对于诗就丝毫不感觉到趣味，也有些人只对于某一种诗才感觉到趣味。但是趣味是可以培养的。真正的文学教育不在读过多少书和知道一些文学上的理论和史实，而在培养出纯正的趣味。这件事实在不很容易。培养趣味好比开疆辟土，须逐渐把本非我所有的变为我所有的。记得我第一次读外国诗，所读的是《古舟子咏》，简直不明白那位老船夫因射杀海鸟而受天谴的故事有什么好处，现在回想起来，这种蒙昧真是可笑，但是在当时我实在不觉到这诗有趣味。后来明白作者在意象音调和奇思幻想上所做的功夫，才觉得这真是一首可爱的杰作。这一点觉悟对于我便是一层进益，而我对于这首诗所觉到的趣味也就是我所征服的新领土。我学西方诗是从十九世纪浪漫派诗人入手，从前只觉得这派诗有趣味，讨厌前一个时期的假古典派的作品，不了解法国象征派和现代英国的诗；因为这些诗都和浪漫派诗不同。后来我多读一些象征派诗和现代英国诗，对它们逐渐感到趣味，又觉得我从前所爱好的浪漫派诗有好些毛病，对于它们的爱好不免淡薄了许多。我又回头看看假古典派的作品，逐渐明白作者的环境立场和用意，觉得它们也有不可抹煞处，对于它们的嫌恶也不免减少了许多。在这种变迁中我又征服了许多新领土，对于已得的领土也比从前认识较清楚。对于中国诗我也经过了同样的变迁。最初我由爱好唐诗而看轻宋诗，后来我又由爱好魏晋诗而看轻唐诗。现在觉得各朝诗都各有特点，我们不能以衡量魏晋诗的标准去衡量唐诗和宋诗。它们代表几种不同的趣味，我们不必强其同。

对于某一种诗，从不能欣赏到能欣赏，是一种新收获；从偏嗜到和他种诗参观互较而重新加以公平的估价，是对于已征服的领土筑了一层更坚固的壁垒。学文学的人们的最坏的脾气是坐井观天，依傍一家门户，对于口胃不合的作品一概藐视。这种人不但是近视，在趣味方面不能有进展；就连他们自己所偏嗜的也很难真正地了解欣赏，因为他们缺乏比较资料和真确观照所应有的透视距离。文艺上的纯正的趣味必定是广博的趣味；不能同时欣赏许多派别诗的佳妙，就不能充分地真确地欣赏任何一派诗的佳妙。趣味很少生来就广博，好比开疆辟土，要不厌弃荒原瘠壤，一分一寸地逐渐向外伸张。

趣味是对于生命的彻悟和留恋，生命时时刻刻都在进展和创化，趣味也就要时时刻刻在进展和创化。水停蓄不流便腐化，趣味也是如此。从前私塾冬烘学究以为天下之美尽在八股文、试帖诗、《古文观止》和《了凡纲鉴》。他们对于这些乌烟瘴气何尝不津津有味？这算是文学的趣味么？习惯的势力之大往往不是我们能想象的。我们每个人多少都有几分冬烘学究气，都把自己囿在习惯所画成的狭小圈套中，对于这个圈套以外的世界都视而不见，听而不闻。沉溺于风花雪月者以为只有风花雪月中才有诗，沉溺于爱情者以为只有爱情中才有诗，沉溺于阶级意识者以为只有阶级意识中才有诗。风花雪月本来都是好东西，可是这四个字联在一起，引起多么俗滥的联想！联想到许多吟风弄月的滥调，多么令人作呕！“神圣的爱情”，“伟大的阶级意识”之类大概也有一天要归于风花雪月之列吧？这些东西本来是佳丽，是神圣，是伟大，一旦变成冬烘学究所赞叹的对象，就不免成了八股文和试帖诗。道理是很简单的。艺术和欣赏艺术的趣味都必须有创造性，都必时时刻刻在开发新境界，如果让你的趣味囿在一个狭小圈套里，它无机会可创造开发，自然会僵死，会腐化。一种艺术变成僵死腐化的趣味的寄生之所，它怎能有进展开发？怎能不随之僵死腐化？

艺术和欣赏艺术的趣味都与滥调是死对头。但是每件东西都容易变成滥调，因为每件东西和你熟悉之后，都容易在你的心理上养成习惯反应。像一切其他艺术一样，诗要说的话都必定是新鲜的。但是世间哪里有许多新鲜话可说？有些人因此替诗危惧，以为关于风花雪月、爱情、阶级意识等等的话或都已被人说完，或将有被人说完的一日，那一日恐怕就是诗的末日了。抱这种顾虑的人们根本没有了解诗究竟是什么一回事。诗的疆土是开发不尽的，因为宇宙生命时时刻刻在变动进展中，这种变动进展的过程中每一时每一境都是个别的，新鲜的，有趣的。所谓“诗”并无深文奥义，它只是在人生世相中见出某一点特别新鲜有趣而把它描绘出来。这句话中“见”字最吃紧。特别新鲜有趣的东西本来在那里，我们不容易“见”着，因为我们的习惯蒙蔽住我们的眼睛。我们如果沉溺于风花雪月，也就见不着阶级意识中的诗；我们如果沉溺于油盐柴米，也就见不着风花雪月中的诗。谁没有看见过在田里收获的农夫农妇？但是谁——除非是米勒（Millet）、陶渊明、华兹华斯（Wordsworth）——在这中间见着新鲜有趣的诗？诗人的本领就在见出常人之所不能见，读诗的用处也就在随着诗人所指点的方向，见出我们所不能见，这就是说，觉得我们所素认为平凡的实在新鲜有趣。我们本来不觉得乡村生活中有诗，从读过陶渊明、华兹华斯诸人的作品之后，便觉得它有诗；我们本来不觉得城市生活和工商业文化之中有诗，从读过美国近代小说和俄国现代诗之后，便觉得它也有诗。莎士比亚教我们会在罪孽灾祸中见出庄严伟大，伦勃朗（Rembrandt）和罗丹（Rodin）教我们会在丑陋中见出新奇。诗人和艺术家的眼睛是点铁成金的眼睛。生命生生不息，他们的发见也生生不息。如果生命有末日，诗总会有末日。到了生命的末日，我们自无容顾虑到诗是否还存在。但是有生命而无诗的人虽未到诗的末日，实在是早已到生命的末日了，那真是一件最可悲哀的事。“哀莫大于心死”，所谓“心死”就是对于人生世相失去解悟和留恋，就是对于诗无兴趣。读诗的功用不仅在消愁遣闷，不仅是替有闲阶级添一件奢侈；它在使人到处都可以觉到人生世相新鲜有趣，到处可以吸收维持生命和推展生命的活力。

诗是培养趣味的最好的媒介，能欣赏诗的人们不但对于其他种种文学可有真确的了解，而且也决不会觉得人生是一件干枯的东西。

“当局者迷，旁观者清”

——艺术和实际人生的距离

有几件事实我觉得很有趣味，不知道你有同感没有？

我的寓所后面有一条小河通莱茵河。我在晚间常到那里散步一次，走成了习惯，总是沿东岸去，过桥沿西岸回来。走东岸时我觉得西岸的景物比东岸的美；走西岸时适得其反，东岸的景物又比西岸的美。对岸的草木房屋固然比较这边的美，但是它们又不如河里的倒影。同是一棵树，看它的正身本极平凡，看它的倒影却带有几分另一世界的色彩。我平时又欢喜看烟雾朦胧的远树、大雪笼盖的世界和深更夜静的月景。本来是习见不以为奇的东西，让雾、雪、月盖上一层白纱，便见得很美丽。

北方人初看到西湖，平原人初看到峨嵋，虽然审美力薄弱的村夫也惊讶它们是奇景；但是生长在西湖或峨嵋的人除了以居近名胜自豪以外，心里往往觉得西湖和峨嵋实在也不过如此。新奇的地方都比熟悉的地方美。东方人初到西方，或是西方人初到东方，都往往觉得面前景物件件值得玩味。本地人自以为不合时尚的服装和举动，在外方人看，却往往有一种美的意味。

古董癖也是很奇怪的，一个周朝的铜鼎或是一个汉朝的瓦瓶在当时也不过是盛酒盛肉的日常用具，在现在却变成很稀有的艺术品。固然有些好古董的人是贪它值钱，但是觉得古董实在可玩味的人却不少。我到外国人家去时，主人常欢喜拿一点中国东西给我看。这总不外瓷罗汉、蟒袍、渔樵耕读图之类的装饰品，我看到每每觉得羞涩，而主人却诚心诚意地夸奖它们好看。

种田人常羡慕读书人，读书人也常羡慕种田人。竹篱瓜架旁的黄粱浊酒和朱门大厦中的山珍海鲜，在旁观者所看出来的滋味都比当局者亲口尝出来的好。读陶渊明的诗，我们常觉到农人的生活真是理想的生活，可是农人自己在烈日寒风之中耕作时所尝到的况味，绝不似陶渊明所描写的那样闲逸。

人常是不满意自己的境遇而羡慕他人的境遇，所以俗话说："家花不比野花香。"人对于现在和过去的态度也有同样的分别。本来是很酸辛的遭遇，到后来往往变成很甜美的回忆。我小时在乡下住，早晨看到的是那几座茅屋、几畦田、几排青山，晚上看到的也还是那几座茅屋、几畦田、几排青山，觉得它们真是单调无味，现在回忆起来，却不免有些留恋。

这些经验你一定也注意到的。它们是什么缘故呢？

这全是观点和态度的差别。看倒影，看过去，看旁人的境遇，看稀奇的景物，都好比站在陆地上远看海雾，不受实际的切身的利害牵绊，能安闲自在地玩味目前美妙的景致。看正身，看现在，看自己的境遇，看习见的景物，都好比乘海船遇着海雾，只知它妨碍呼吸，只嫌它耽误程期，预兆危险，没有心思去玩味它的美妙。持实用的态度看事物，它们都只是实际生活的工具或障碍物，都只能引起欲念或嫌恶。要见出事物本身的美，我们一定要从实用世界跳开，以“无所为而为”的精神欣赏它们本身的形相。总而言之，美和实际人生有一个距离，要见出事物本身的美，须把它摆在适当的距离之外去看。

再就上面的实例说，树的倒影何以比正身美呢？它的正身是实用世界中的一片段，它和人发生过许多实用的关系。人一看见它，不免想到它在实用上的意义，发生许多实际生活的联想。它是避风息凉的或是架屋烧火的东西。在散步时我们没有这些需要，所以就觉得它没有趣味。倒影是隔着一个世界的，是幻境的，是与实际人生无直接关联的。我们一看到它，就立刻注意到它的轮廓、线纹和颜色，好比看一幅图画一样。这是形相的直觉，所以是美感的经验。总而言之，正身和实际人生没有距离，倒影和实际人生有距离，美的差别即起于此。

同理，游历新境时最容易见出事物的美。习见的环境都已变成实用的工具。比如我久住在一个城市里面，出门看见一条街就想到朝某方向走是某家酒店，朝某方向走是某家银行；

看见了一座房子就想到它是某个朋友的住宅，或是某个总长的衙门。这样的“由盘而之钟”，我的注意力就迁到旁的事物上去，不能专心致志地看这条街或是这座房子究竟像个什么样子。在崭新的环境中，我还没有认识事物的实用的意义，事物还没有变成实用的工具，一条街还只是一条街而不是到某银行或某酒店的指路标，一座房子还只是某颜色某线形的组合而不是私家住宅或是总长衙门，所以我能见出它们本身的美。

一件本来惹人嫌恶的事情，如果你把它推远一点看，往往可以成为很美的意象。卓文君不守寡，私奔司马相如，陪他当垆卖酒。我们现在把这段情史传为佳话。我们读李长吉的“长卿怀茂陵，绿草垂石井。弹琴看文君，春风吹鬓影”几句诗，觉得它是多么幽美的一幅画！但是在当时人看，卓文君失节却是一件秽行丑迹。袁子才尝刻一方“钱塘苏小是乡亲”的印，看他的口吻是多么自豪！但是钱塘苏小究竟是怎样的一个伟人？她原来不过是南朝的一个妓女。和这个妓女同时的人谁肯攀她做“乡亲”呢？当时的人受实际问题的牵绊，不能把这些人物的行为从极繁复的社会信仰和利害观念的圈套中划出来，当作美丽的意象来观赏。我们在时过境迁之后，不受当时的实际问题的牵绊，所以能把它们当作有趣的故事来谈。它们在当时和实际人生的距离太近，到现在则和实际人生距离较远了，好比经过一些年代的老酒，已失去它的原来的辣性，只留下纯淡的滋味。

一般人迫于实际生活的需要，都把利害认得太真，不能站在适当的距离之外去看人生世相，于是这丰富华严的世界，除了可效用于饮食男女的营求之外，便无其他意义。他们一看到瓜就想它是可以摘来吃的，一看到漂亮的女子就起性欲的冲动。他们完全是占有欲的奴隶。花长在园里何尝不可以供欣赏？他们却欢喜把它摘下来挂在自己的襟上或是插在自己的瓶里。一个海边的农夫逢人称赞他的门前海景时，便很羞涩地回过头来指着屋后一园菜说："门前虽没有什么可看的，屋后这一园菜却还不差。"许多人如果不知道周鼎汉瓶是很值钱的古董，我相信他们宁愿要一个不易打烂的铁锅或瓷罐，不愿要那些不能煮饭藏菜的破铜破铁。这些人都是不能在艺术品或自然美和实际人生之中维持一种适当的距离。

艺术家和审美者的本领就在能不让屋后的一园菜压倒门前的海景，不拿盛酒盛菜的标准去估定周鼎汉瓶的价值，不把一条街当作到某酒店和某银行去的指路标。他们能跳开利害的圈套，只聚精会神地观赏事物本身的形相。他们知道在美的事物和实际人生之中维持一种适当的距离。

我说"距离"时总不忘冠上"适当的"三个字，这是要注意的。

"距离"可以太过，可以不及。艺术一方面要能使人从实际生活牵绊中解放出来，一方面也要使人能了解、能欣赏，"距离"不及，容易使人回到实用世界，距离太远，又容易使人无法了解欣赏。这个道理可以拿一个浅例来说明。

王渔洋的《秋柳诗》中有两句说："相逢南雁皆愁侣，好语西乌莫夜飞。"在不知道这诗的历史的人看来，这两句诗是漫无意义的，这就是说，它的距离太远，读者不能了解它，所以无法欣赏它。《秋柳诗》原来是悼明亡的，"南雁"是指国亡无所依附的故旧大臣，"西乌"是指有意屈节降清的人物。假使读这两句诗的人自己也是一个"遗老"，他对于这两句诗的情感一定比旁人较能了解。但是他不一定能取欣赏的态度，因为他容易看这两句诗而自伤身世，想到种种实际人生问题上面去，不能把注意力专注在诗的意象上面，这就是说，《秋柳诗》对于他的实际生活距离太近了，容易把他由美感的世界引回到实用的世界。

许多人欢喜从道德的观点来谈文艺，从韩昌黎的"文以载道"说起，一直到现代"革命文学"以文学为宣传的工具止，都是把艺术硬拉回到实用的世界里去。一个乡下人看戏，看见演曹操的角色扮老奸巨猾的样子惟妙惟肖，不觉义愤填胸，提刀跳上舞台，把他杀了。从道德的观点评艺术的人们都有些类似这位杀曹操的乡下佬，义气虽然是义气，无奈是不得其时、不得其地。他们不知道道德是实际人生的规范，而艺术是与实际人生有距离的。

艺术须与实际人生有距离，所以艺术与极端的写实主义不相容。

写实主义的理想在妙肖人生和自然，但是艺术如果真正做到妙肖人生和自然的境界，总不免把观者引回到实际人生，使他的注意力旁迁于种种无关美感的问题，不能专心致志地欣赏形相本身的美，比如裸体女子的照片常不免容易刺激性欲，而裸体雕像如《密罗斯爱神》，裸体画像如法国安格尔的《汲泉女》，都只能令人肃然起敬。这是什么缘故呢？这就是因为照片太逼肖自然，容易像实物一样引起人的实用的态度；雕刻和图画都带有若干形式化和理想化，都有几分不自然，所以不易被人误认为实际人生中的一片段。

艺术上有许多地方，乍看起来，似乎不近情理。古希腊和中国旧戏的角色往往戴面具，穿高底鞋，表演时用歌唱的声调，不像平常说话。埃及雕刻对于人体加以抽象化，往往千篇一律。波斯图案画把人物的肢体加以不自然的扭屈，中世纪“哥特式”诸大教寺的雕像把人物的肢体加以不自然的延长。中国和西方古代的画都不用远近阴影。这种艺术上的形式化往往遭浅人唾骂，它固然时有流弊，其实也含有至理。这些风格的创始者都未尝不知道它不自然，但是他们的目的正在使艺术和自然之中有一种距离。说话不押韵，不论平仄，做诗却要押韵，要论平仄，道理也是如此。艺术本来是弥补人生和自然缺陷的。如果艺术的最高目的仅在妙肖人生和自然，我们既已有人生和自然了，又何取乎艺术呢？

艺术都是主观的，都是作者情感的流露，但是它一定要经过几分客观化。艺术都要有情感，但是只有情感不一定就有艺术。许多人本来是笨伯而自信是可能的诗人或艺术家。他们常埋怨道：“可惜我不是一个文学家，否则我的生平可以写成一部很好的小说。”富于艺术材料的生活何以不能产生艺术呢？艺术所用的情感并不是生糙的而是经过反省的。蔡琰在丢开亲生子回国时决写不出《悲愤诗》，杜甫在“入门闻号咷，幼子饥已卒”时决写不出《奉先咏怀》诗。《悲愤诗》和《奉先咏怀》诗都是“痛定思痛”的结果。艺术家在写切身的情感时，都不能同时在这种情感中过活，必定把它加以客观化，必定由站在主位的尝受者退为站在客位的观赏者。一般人不能把切身的经验放在一种距离以外去看，所以情感尽管深刻，经验尽管丰富，终不能创造艺术。

“大人者不失其赤子之心”

——艺术与游戏

一直到现在，我们所讨论的都偏重欣赏。现在我们可以换一个方向来讨论创造了。

既然明白欣赏的道理，进一步来研究创造，便没有什么困难，因为欣赏和创造的距离并不像一般人所想象的那么远。欣赏之中都寓有创造，创造之中也都寓有欣赏。创造和欣赏都是要见出一种意境，造出一种形相，都要根据想象与情感。比如说姜白石的“数峰清苦，商略黄昏雨”一句词含有一个受情感饱和的意境。姜白石在做这句词时，先须从自然中见出这种意境，然后拿这九个字把它翻译出来。在见到意境的一刹那中，他是在创造也是在欣赏。我在读这句词时，这九个字对于我只是一种符号，我要能认识这种符号，要凭想象与情感从这种符号中领略出姜白石原来所见到的意境，须把他的译文翻回到原文。我在见到他的意境一刹那中，我是在欣赏也是在创造。倘若我丝毫无所创造，他所用的九个字对于我就漫无意义了。一首诗做成之后，不是就变成个个读者的产业，使他可以坐享其成。它也好比一片自然风景，观赏者要拿自己的想象和情趣来交接它，才能有所得。他所得的深浅和他自己的想象与情趣成比例。读诗就是再做诗。一首诗的生命不是作者一个人所能维持住，也要读者帮忙才行。读者的想象和情感是生生不息的，一首诗的生命也就是生生不息的，它并非是一成不变的。一切艺术作品都是如此，没有创造都不能有欣赏。

创造之中都寓有欣赏，但是创造却不全是欣赏。欣赏只要能见出一种意境，而创造却须再进一步，把这种意境外射出来，成为具体的作品。这种外射也不是易事，它要有相当的天才和人力，我们到以后还要详论它，现在只就艺术的雏形来研究欣赏和创造的关系。

艺术的雏形就是游戏。游戏之中就含有创造和欣赏的心理活动。

个个人不都是艺术家，但个个人却都做过儿童，对于游戏都有几分经验。所以要了解艺术的创造和欣赏，最好是先研究游戏。

骑马的游戏是很普遍的，我们就把它做例来说。儿童在玩骑马的把戏时，他的心理活动可以用这么一段话说出来："父亲天天骑马在街上走，看他是多么好玩！多么有趣！我们也骑来试试看。他的那匹大马自然不让我们骑。小弟弟，你弯下腰来，让我骑！特！特！走快些！你没有气力了吗？我去换一匹马罢。”于是厨房里的竹帚夹在胯下又变成一匹马了。

从这个普遍的游戏中间，我们可以看出几个游戏和艺术的类似点。

一、像艺术一样，游戏把所欣赏的意象加以客观化，使它成为一个具体的情境。小孩子心里先印上一个骑马的意象，这个意象变成他的情趣的集中点（这就是欣赏）。情趣集中时意象大半孤立，所以本着单独观念实现于运动的普遍倾向，从心里外射出来，变成一个具体的情境（这就是创造），于是有骑马的游戏。骑马的意象原来是心镜从外物界所摄来的影子。在骑马时儿童仍然把这个影子交还给外物界。不过这个影子在摄来时已顺着情感的需要而有所选择去取，在脑里打一个翻转之后，又经过一番意匠经营，所以不复是生糙的自然。一个人可以当马骑，一个竹帚也可以当马骑。换句话说，儿童的游戏不完全是摹仿自然，它也带有几分创造性。他不仅作骑马的游戏，有时还拣一支粉笔或土块在地上画一个骑马的人。他在一个圆圈里画两点一直一横就成了一个面孔，在下面再安上两条线就成了两只腿。他原来看人物时只注意到这些最刺眼的运动的部分，他是一个印象派的作者。

二、像艺术一样，游戏是一种"想当然耳"的勾当。儿童在拿竹帚当马骑时，心里完全为骑马一个有趣的意象占住，丝毫不注意到他所骑的是竹帚而不是马。他聚精会神到极点，虽是在游戏而却不自觉是在游戏。本来是幻想的世界，却被他看成实在的世界了。他在幻想世界中仍然持着郑重其事的态度。全局尽管荒唐，而各部分却仍须合理。有两位小姊妹正在玩做买卖的把戏，她们的母亲从外面走进来向扮店主的姐姐亲了一嘴，扮顾客的妹妹便抗议说：“妈妈，你为什么同开店的人亲嘴？”从这个实例看，我们可以知道儿戏很类似写剧本或是写小说，在不近情理之中仍须不背乎情理，要有批评家所说的“诗的真实”。成人们往往嗤不郑重的事为儿戏，其实成人自己很少像儿童在游戏时那么郑重，那么专心，那么认真。

三、像艺术一样，游戏带有移情作用，把死板的宇宙看成活跃的生灵。我们成人把人和物的界线分得很清楚，把想象的和实在的分得很清楚。在儿童心中这种分别是很模糊的。他把物看成自己一样，以为它们也有生命，也能痛能痒。他拿竹帚当马骑时，你如果在竹帚上扯去一条竹枝，那就是在他的马身上扯去一根毛，在骂你一场之后，他还要向竹帚说几句温言好语。他看见星说是天眨眼，看见露说是花垂泪。这就是我们在前面说过的“宇宙的人情化”。人情化可以说是儿童所特有的体物的方法。人越老就越不能起移情作用，我和物的距离就日见其大，实在的和想象的隔阂就日见其深，于是这个世界也就越没有趣味了。

四、像艺术一样，游戏是在现实世界之外另造一个理想世界来安慰情感。骑竹马的小孩子一方面觉得骑马的有趣，一方面又苦于骑马的不可能，骑马的游戏是他弥补现实缺陷的一种方法。近代有许多学者说游戏起于精力的过剩，有力没处用，才去玩把戏。这话虽然未可尽信，却含有若干真理。人生来就好动，生而不能动，便是苦恼。疾病、老朽、幽囚都是人所最厌恶的，就是它们夺去动的可能。动愈自由即愈使人快意，所以人常厌恶有限而追求无限。现实界是有限制的，不能容人尽量自由活动。人不安于此，于是有种种苦闷厌倦。要消遣这种苦闷厌倦，人于是自架空中楼阁。苦闷起于人生对于“有限”的不满，幻想就是人生对于“无限”的寻求，游戏和文艺就是幻想的结果。它们的功用都在帮助人摆脱实在界的缰锁，跳出到可能的世界中去避风息凉。人愈到闲散时愈觉单调生活不可耐，愈想在呆板平凡的世界中寻出一点出乎常轨的偶然的波浪，来排忧解闷。所以游戏和艺术的需要在闲散时愈紧迫。就这个意义说，它们确实是一种“消遣”。

儿童在游戏时意造空中楼阁，大概都现出这几个特点。他们的想象力还没有受经验和理智束缚死，还能去来无碍。只要有一点实事实物触动他们的思路，他们立刻就生出一种意境，在一弹指中就把这种意境渲染成五光十彩。念头一动，随便什么事物都变成他们的玩具，你给他们一个世界，他们立刻就可以造出许多变化离奇的世界来交还你。他们就是艺术家。一般艺术家都是所谓“大人者不失其赤子之心”。

艺术家虽然“不失其赤子之心”，但是他究竟是“大人”，有赤子所没有的老练和严肃。游戏究竟只是雏形的艺术而不就是艺术。它和艺术有三个重要的异点。

一、艺术都带有社会性而游戏却不带社会性。儿童在游戏时只图自己高兴，并没有意思要拿游戏来博得旁观者的同情和赞赏。在表面看，这似乎是偏于唯我主义，但是这实在由于自我观念不发达。他们根本就没有把物和我分得很清楚，所以说不到求人同情于我的意思。艺术的创造则必有欣赏者。艺术家见到一种意境或是感到一种情趣，自得其乐还不甘心，他还要旁人也能见到这种意境，感到这种情趣。他固然不迎合社会心理去沽名钓誉，但是他是一个热情者，总不免希望世有知音同情。因此艺术不像克罗齐派美学家所说的，只达到“表现”就可以了事，它还要能“传达”。在原始时期，艺术的作者就是全民众，后来艺术家虽自成一阶级，他们的作品仍然是全民众的公有物。艺术好比一棵花，社会好比土壤，土壤比较肥沃，花也自然比较茂盛。艺术的风尚一半是作者造成的，一半也是社会造成的。

二、游戏没有社会性，只顾把所欣赏的意象“表现”出来；艺术有社会性，还要进一步把这种意象传达于天下后世，所以游戏不必有作品而艺术则必有作品。游戏只是逢场作戏，比如儿童堆砂为屋，还未堆成，即已推倒，既已尽兴，便无留恋。艺术家对于得意的作品常加意珍护，像慈母待婴儿一般。音乐家贝多芬常言生存是一大痛苦，如果他不是心中有未尽之蕴要谱于乐曲，他久已自杀。司马迁也是因为要做《史记》，所以隐忍受腐刑的羞辱。从这些实例看，可知艺术家对于艺术比一切都看重。他们自己知道珍贵美的形相，也希望旁人能同样地珍贵它。他自己见到一种精灵，并且想使这种精灵在人间永存不朽。

三、艺术家既然要藉作品“传达”他的情思给旁人，使旁人也能同赏共乐，便不能不研究“传达”所必需的技巧。他第一要研究他所藉以传达的媒介，第二要研究应用这种媒介如何可以造成美的形式出来。比如说做诗文，语言就是媒介。这种媒介要恰能传出情思，不可任意乱用。相传欧阳修《昼锦堂记》首两句本是“仕宦至将相，锦衣归故乡”，送稿的使者已走过几百里路了，他还要打发人骑快马去添两个“而”字。文人用字不苟且，通常如此。儿童在游戏时对于所用的媒介决不这样谨慎选择。他戏骑马时遇着竹帚就用竹帚，遇着板凳就用板凳，反正这不过是一种代替意象的符号，只要他自己以为那是马就行了，至于旁人看见时是否也恰能想到马的意象，他却丝毫不介意。倘若画家意在马而画一个竹帚出来，谁人能了解他的原意呢？艺术的内容和形式都要恰能融合一气，这种融合就是美。

总而言之，艺术虽伏根于游戏本能，但是因为同时带有社会性，须留有作品传达情思于观者，不能不顾到媒介的选择和技巧的锻炼。

它逐渐发达到现在，已经在游戏前面走得很远，令游戏望尘莫及了。

辑三

此身，此时，此地

此身应该做而且能够做的事，就得由此身担当起，不推诿给旁人；此时应该做而且能够做的事，就得在此时做，不拖延到未来；此地（我的地位，我的环境）应该做而且能够做的事，就得在此地做，不推诿到想象中的另一地位去做。

谈立志

抗战以前与抗战以来的青年心理有一个很显然的分别：抗战以前，普通青年的心理变态是烦闷；抗战以来，普通青年的心理变态是消沉，烦闷大半起于理想与事实的冲突。在抗战以前，青年对于自己前途有一个理想，要有一个很好的环境求学，再有一个很好的职业做事；对于国家民族也有一个理想，要把侵略的外力打倒，建设一个新的社会秩序。这两种理想在当时都似很不容易实现，于是他们急躁不耐烦，失望，以至于苦闷。抗战发生时，我们民族毅然决然地拼全副力量来抵挡侵略的敌人，青年们都兴奋了一阵，积压许久的郁闷为之一畅。但是这种兴奋到现在似已逐渐冷静下去，国家民族的前途比从前光明，个人求学就业也比从前容易，虽然大家都硬着脖子在吃苦，可是振作的精神似乎很缺乏。在学校的学生们对功课很敷衍，出了学校就职业的人们对事业也很敷衍，对于国家大事和世界政局没有像从前那样关切。这是一个很可忧虑的现象，因为横在我们面前的还有比抗敌更艰难的局面，需要更坚决更沉着的努力来应付，而我们青年现在所表现的精神显然不足以应付这种艰难的局面。

如果换过方式来说，从前的青年人病在志气太大，目前的青年人病在志气太小，甚至于无志气。志气太大，理想过高，事实迎不上头来，结果自然是失望烦闷；志气太小，因循苟且，麻木消沉，结果就必至于堕落。所以我们宁愿青年烦闷，不愿青年消沉。烦闷至少是对于现实的欠缺还有敏感，还可以激起努力；消沉对于现实的欠缺就根本麻木不仁，决不会引起改善的企图。但是说到究竟，烦闷之于消沉也不过是此胜于彼，烦闷的结果往往是消沉，犹如消沉的结果往往是堕落。目前青年的消沉与前五六年青年的烦闷似不无关系。烦闷是耗费心力的，心力耗费完了，连烦闷也不曾有，那便是消沉。

一个人不会生来就烦闷或消沉的，因为人都有生气，而生气需要发扬，需要活动。有生气而不能发扬，或是活动遇到阻碍，才会烦闷和消沉。烦闷是感觉到困难，消沉是无力征服困难而自甘失败。这两种心理病态都是挫折以后的反应。一个人如果经得起挫折，就不会起这种心理变态。所谓经不起挫折，就是没有决心和勇气，就是意志薄弱。意志薄弱经不起挫折的人往往有一套自宽自解的话，就是把所有的过错都推诿到环境。明明是自己无能，而埋怨环境不允许我显本领；明明是自己甘心做坏人，而埋怨环境不允许我做好人。这其实是懦夫的心理，对于自己全不肯负责任。环境永远不会美满的，万一它生来就美满，人的成就也就无甚价值。人所以可贵，就在他不像猪豚，被饲而肥，他能够不安于污浊的环境，拿力量来改变它、征服它。

普通人的毛病在责人太严，责己太宽。埋怨环境还由于缺乏自省自责的习惯。自己的责任必须自己担当起，成功是我的成功，失败也是我的失败。每个人是他自己的造化主，环境不足畏，犹如命运不足信。我们的民族需要自力更生，我们每个人也是如此。我们的青年必须先有这种觉悟，个人和国家民族的前途才有希望。能责备自己，信赖自己，然后自己才会打出一个江山来。

我们有一句老话："有志者事竟成。"这话说得很好，古今中外在任何方面经过艰苦奋斗而成功的英雄豪杰都可以做例证。志之成就是理想的实现。人为的事实都必基于理想，没有理想决不能成为人为的事实。譬如登山，先须存念头去登，然后一步一步的走上去，最后才会达到目的地。如果根本不起登的念头，登的事实自无从发生。这是浅例。世间许多行尸走肉浪费了他们的生命，就因为他们对于自己应该做的事不起念头。许多以教育为事业的人根本不起念头去研究，许多以政治为事业的人根本不起念头为国民谋幸福。我们的文化落后，社会紊乱，不就由于这个极简单的原因么？这就是上文所谓"消沉""无志气"。"有志者事竟成"，无志者事就不成。

不过"有志者事竟成"一句话也很容易发生误解，

“志”字有几种意义：一是念头或愿望（wish），一是起一个动作时所存的目的（purpose），一是达到目的的决心（will,determination）。譬如登山，先起登的念头，次要一步一步的走，而这走必步步以登为目的，路也许长，障碍也许多，须抱定决心，不达目的不止，然后登的愿望才可以实现，登的目的才可以达到。“有志者事竟成”的志，须包含这三种意义在内：第一要起念头，其次要认清目的和达到目的之方法，第三是抱必达目的之决心。很显然的，要事之成，其难不在起念头，而在目的之认识与达到目的之决心。

有些人误解立志只是起念头。一个小孩子说他将来要做大总统，一个乞丐说他成了大阔佬要砍他的仇人的脑袋，所谓“癞蛤蟆想吃天鹅肉”，完全不思量达到这种目的所必有的方法或步骤，更不抱定循这方法步骤去达到目的之决心，这只是狂妄，不能算是立志。世间有许多人不肯学乘除加减而想将来做算学的发明家，不学军事学当兵打仗而想将来做大元帅东征西讨，不切实培养学问技术而想将来做革命家改造社会，都是犯这种狂妄的毛病。

如果以起念头为立志，则有志者事竟不成之例甚多。愚公尽可移山，精卫尽可填海，而世间却实有不可能的事情。我们必须承认“不可能”的真实性。所谓“不可能”，就是俗语所谓“没有办法”，没有一个方法和步骤去达到所悬想的目的。没有认清方法和步骤而想达到那个目的，那只是痴想而不是立志。志就是理想，而理想的理想必定是可实现的理想。理想普通有两种意义，一是“可望而不可攀，可幻想而不可实现的完美”，比如许多宗教都以长生不老为人生理想，它成为理想，就因为事实上没有人长生不老。理想的另一意义是“一个问题的最完美的答案”，或是“可能范围以内的最圆满的解决困难的办法”。比如长生不老虽非人力所能达到，而强健却是人力所能达到的，就人的能力范围来说，强健是一个合理的理想。这两种意义的分别在一个蔑视事实条件，一个顾到事实条件，一个渺茫无稽，一个有方法步骤可循。严格地说，前一种是幻想、痴想而不是理想，是理想都必顾到事实。在理想与事实起冲突时，错处不在事实而在理想。我们必须接受事实，理想与事实背驰时，我们应该改变理想。坚持一种不合理的理想而至死不变只是匹夫之勇，只是“猪武”。我特别着重这一点，因为有些道德家在盲目地说坚持理想，许多人在盲目地听。

我们固然要立志，同时也要度德量力。卢梭在他的教育名著《爱弥儿》里有一段很透辟的话，大意是说人生幸福起于愿望与能力的平衡。一个人应该从幼时就学会在自己能力范围以内起愿望，想做自己所能做的事，也能做自己所想做的事。这番话出诸浪漫色彩很深的卢梭尤其值得我们玩味。卢梭自己有时想入非非，因此吃过不少的苦头，这番话实在是经验之谈。许多烦闷，许多失败，都起于想做自己所不能做的事，或是不能做自己所想做的事。

志气成就了许多人，志气也毁坏了许多人。既是志，实现必不在目前而在将来。许多人拿立志远大作藉口，把目前应做的事延宕贻误。尤其是青年们欢喜在遥远的未来摆一个黄金时代，把希望全寄托在那上面，终日沉醉在迷梦里，让目前宝贵的时光与机会错过，徒贻后日无穷之悔。我自己从前有机会学希腊文和意大利文时，没有下手，买了许多文法读本，心想到四十岁左右时当有闲暇岁月，许我从容自在地自修这些重要的文字，现在四十过了几年了，看来这一生似不能与希腊文和意大利文有缘分了，那箱书籍也恐怕只有摆在那里霉烂了。这只是一例。我生平有许多事叫我追悔，大半都像这样“志在将来”而转眼即空空过去。“延”与“误”永是连在一起，而所谓“志”往往叫我们由“延”而“误”。所谓真正立志，不仅要接受现在的事实，尤其要抓住现在的机会。如果立志要做一件事，那件事的成功尽管在很远的将来，而那件事的发动必须就在目前一顷刻。想到应该做，马上就做，不然，就不必发下一个空头愿。发空头愿成了一个习惯，一个人就会永远在幻想中过活，成就不了任何事业，听说抽鸦片烟的人想头最多，意志力也最薄弱。老是在幻想中过活的人在精神方面颇类似烟鬼。

我在很早的一篇文章里提出我个人做人的信条，现在想起，觉得其中仍有可取之处，现在不妨趁此再提出供读者参考。我把我的信条叫做“三此主义”，就是此身，此时，此地。一、此身应该做而且能够做的事，就得由此身担当起，不推诿给旁人。二、此时应该做而且能够做的事，就得在此时做，不拖延到未来。三、此地（我的地位，我的环境）应该做而且能够做的事，就得在此地做，不推诿到想象中的另一地位去做。

这是一个极现实的主义。本分人做本分事，脚踏实地，丝毫不带一点浪漫情调。我相信如果我们能够彻底地照着做，不至于很误事。西谚说得好："手中的一只鸟，值得林中的两只鸟。"许多"有大志"者往往为着觊觎林中的两只鸟，让手中的一只鸟安然逃脱。

朝抵抗力最大的路径走

我提出这个题目来谈，是根据一点亲身的经验。有一个时候，我学过做诗填词。往往一时兴到，我信笔直书，心里想到什么，就写什么，写成了自己读读看，觉得很高兴，自以为还写得不坏，后来我把这些处女作拿给一位精于诗词的朋友看，请他批评，他仔细看了一遍后，很坦白地告诉我说："你的诗词未尝不能做，只是你现在所做的还要不得。"我就问他："毛病在哪里呢？"他说："你的诗词都来得太容易，你没有下过力，你欢喜取巧，显小聪明。"听了这话，我捏了一把冷汗，起初还有些不服，后来对于前人作品多费过一点心思，才恍然大悟那位朋友批评我的话真是一语破的。我的毛病确是在没有下过力。我过于相信自然流露，没有知道第一次浮上心头的意思往往不是最好的意思，第一次浮上心头的词句也往往不是最好的词句。意境要经过洗炼，表现意境的词句也要经过推敲，才能脱去渣滓，达到精妙境界。洗炼推敲要吃苦费力，要朝抵抗力最大的路径走。福楼拜自述写作的辛苦说："写作要超人的意志，而我却只是一个人！”我也有同样感觉，我缺乏超人的意志，不能拼死力往里钻，只朝抵抗力最低的路径走。

这一点切身的经验使我受到很深的感触。它是一种失败，然而从这种失败中我得到一个很好的教训。我觉得不但在文艺方面，就在立身处世的任何方面，贪懒取巧都不会有大成就，要有大成就，必定朝抵抗力最大的路径走。

“抵抗力”是物理学上的一个术语。凡物在静止时都本其固有“惰性”而继续静止，要使它动，必须在它身上加“动力”，动力愈大，动愈速愈远。动的路径上不能无抵抗力，凡物的动都朝抵抗力最低的方向。如果抵抗力大于动力，动就会停止，抵抗力纵是低，聚集起来也可以使动力逐渐减少以至于消灭，所以物不能永动，静止后要它续动，必须加以新动力。这是物理学上一个很简单的原理，也可以应用到人生上面。人像一般物质一样，也有惰性，要想他动，也必须有动力。人的动力就是他自己的意志力。意志力愈强，动愈易成功；意志力愈弱，动愈易失败。不过人和一般物质有一个重要的分别：一般物质的动都是被动，使它动的动力是外来的；人的动有时可以是主动，使他动的意志力是自生自发自给自足的。在物的方面，动不能自动地随抵抗力之增加而增加；在人的方面，意志力可以自动地随抵抗力之增加而增加，所以物质永远是朝抵抗力最低的路径走，而人可以朝抵抗力最大的路径走。物的动必终为抵抗力所阻止，而人的动可以不为抵抗力所阻止。

照这样看，人之所以为人，就在能不为最大的抵抗力所屈服。我们如果要测量一个人有多少人性，最好的标准就是他对于抵抗力所拿出的抵抗力，换句话说，就是他对于环境困难所表现的意志力。我在上文说过，人可以朝抵抗力最大的路径走，人的动可以不为抵抗力所阻。我说“可以”不说“必定”，因为世间大多数人仍是惰性大于意志力，欢喜朝抵抗力最低的路径走，抵抗力稍大，他就要缴械投降。这种人在事实上失去最高生命的特征，堕落到无生命的物质的水平线上，和死尸一样东推东倒，西推西倒。他们在道德、学问、事功各方面都决不会有成就，万一以庸庸得厚福，也是叨天之幸。

人生来是精神所附丽的物质，免不掉物质所常有的惰性。抵抗力最低的路径常是一种引诱，我们还可以说，凡是引诱所以能成为引诱，都因为它是抵抗力最低的路径，最能迎合人的惰性。惰性是我们的仇敌，要克服惰性，我们必须动员坚强的意志力，不怕朝抵抗力最大的路径走。走通了，抵抗力就算被征服，要做的事也就算成功。举一个极简单的例子。在冬天早晨，你睡在热被窝里很舒适，心里虽知道这应该是起床的时候而你总舍不得起来。你不起来，是顺着惰性，朝抵抗力最低的路径走。被窝的暖和舒适，外面的空气寒冷，多躺一会儿的种种藉口，对于起床的动作都是很大的抵抗力，使你觉得起床是一件天大的难事。但是你如果下一个决心，说非起来不可，一耸身你也就起来了。这一起来事情虽小，却表示你对于最大抵抗力的征服，你的企图的成功。

这是一个琐屑的事例，其实世间一切事情都可作如此看法。历史上许多伟大人物所以能有伟大成就者，大半都靠有极坚强的意志力，肯向抵抗力最大的路径走。例如孔子，他是当时一个大学者，门徒很多，如果他贪图个人的舒适，大可以坐在曲阜过他安静的学者的生活。但是他毕生东奔西走，席不暇暖，在陈绝过粮，在匡遇过生命的危险，他那副奔波劳碌栖栖遑遑的样子颇受当时隐者的嗤笑。他为什么要这样呢？就因为他有改革世界的抱负，非达到理想，他不肯甘休。《论语》长沮、桀溺章最足见出他的心事。长沮、桀溺二人隐在乡下耕田，孔子叫子路去向他们问路，他们听说是孔子，就告诉子路说："滔滔者天下皆是也，而谁以易之！"意思是说，于今世道到处都是一般糟，谁去理会它、改革它呢？孔子听到这话叹气说："鸟兽不可与同群，吾非斯人之徒与而谁与？天下有道，丘不与易也。"意思是说，我们既是人就应做人所应该做的事；如果世道不糟，我自然就用不着费气力去改革它。孔子平生所说的话，我觉得这几句最沉痛、最伟大。长沮、桀溺看天下无道，就退隐躬耕，是朝抵抗力最低的路径走，孔子看天下无道，就牺牲一切要拼命去改革它，是朝抵抗力最大的路径走。他说得很干脆，"天下有道，丘不与易也"。

再如耶稣，从《新约》中四部《福音》看，他的一生都是朝抵抗力最大的路径走。他抛弃父母兄弟，反抗当时旧犹太宗教，攻击当时的社会组织，要在慈爱上建筑一个理想的天国，受尽种种困难艰苦，到最后牺牲了性命，都不肯放弃了他的理想。在他的生命史中有一段是一发千钧的危机。他下决心要宣传天国福音后，跑到沙漠里苦修了四十昼夜。据他的门徒的记载，这四十昼夜中他不断地受恶魔引诱。恶魔引诱他去争尘世的威权，去背叛上帝，崇拜恶魔自己。耶稣经过四十昼夜的挣扎，终于拒绝恶魔的引诱，坚定了对于天国的信念。从我们非教徒的观点看，这段恶魔引诱的故事是一个寓言，表示耶稣自己内心的冲突。横在他面前的有两条路：一是上帝的路，一是恶魔的路。走上帝的路要牺牲自己，走恶魔的路他可以握住政权，享受尘世的安富尊荣。经过了四十昼夜的挣扎，他决定了走抵抗力最大的路——上帝的路。

我特别在耶稣生命中提出恶魔引诱的一段故事，因为它很可以说明宋明理学家所说的天理与人欲的冲突。我们一般人尽善尽恶的不多见，性格中往往是天理与人欲杂糅，有上帝也有恶魔，我们的生命史常是一部理与欲、上帝与恶魔的斗争史。我们常在歧途徘徊，理性告诉我们向东，欲念却引诱我们向西。在这种时候，上帝的势力与恶魔的势力好像摆在天平的两端，见不出谁轻谁重。这是“一发千钧”的时候，“一失足即成千古恨”，一挣扎立即可成圣贤豪杰。如果要上帝的那一端天平沉重一点，我们必须在上面加一点重量，这重量就是拒绝引诱、克服抵抗力的意志力。有些人在这紧要关头拿不出一点意志力，听惰性摆布，轻轻易易地堕落下去，或是所拿的意志力不够坚决，经过一番冲突之后，仍然向恶魔缴械投降。例如洪承畴本是明末一个名臣，原来也很想效忠明朝，恢复河山。清兵入关后，大家都预料他以死殉国，清兵百计劝诱他投降，他原也很想不投降，但是到最后终于抵不住生命的执著与禄位的诱惑，做了明朝的汉奸。再举一个眼前的例子，汪精卫前半生对于民族革命很努力，当这次抗战开始时，他广播演说也很慷慨激昂。谁料到他的利禄熏心，一经敌人引诱，就起了卖国叛党的坏心事。依陶希圣的记载，他在上海时似仍感到良心上的痛苦，如果他拿出一点意志力，即早回头，或以一死谢国人，也还不失为知过能改的好汉。但是他拿不出一点意志力，就认错做错，甘心认贼作父。世间许多人失节败行，都像汪精卫、洪承畴之流，在紧要关头，不肯争一口气，就马马虎虎地朝抵抗力最低的路径走。

这是比较显著的例，其实我们涉身处世，随时随地目前都横着两条路径，一是抵抗力最低的，一是抵抗力最大的。比如当学生，不死心塌地去做学问，只敷衍功课，混分数文凭；毕业后不拿出本领去替社会服务，只奔走巴结，夤缘幸进，以不才而在高位；做事时又不把事当事做，只一味因循苟且，敷衍公事，甚至于贪污淫佚，遇钱即抓，不管它来路正当不正当——这都是放弃抵抗力最大的路径而走抵抗力最低的路径。这种心理如充类至尽，就可以逐渐使一个人堕落。我常穷究目前中国社会腐败的根源，以为一切都由于懒。懒，所以苟且因循敷衍，做事不认真；懒，所以贪小便宜，以不正当的方法解决个人的生计；懒，所以随俗浮沉，一味圆滑，不敢为正义公道奋斗；懒，所以遇引诱即堕落，个人生活无纪律，社会生活无秩序。知识阶级懒，所以文化学术无进展；官吏懒，所以政治不上轨道；一般人都懒，所以整个社会都“吊儿郎当”，暮气沉沉。懒是百恶之源，也就是朝抵抗力最低的路径走。如果要改造中国社会，第一件心理的破坏工作是除懒，第一件心理的建设工作是提倡奋斗精神。

生命就是一种奋斗，不能奋斗，就失去生命的意义与价值；能奋斗，则世间很少不能征服的困难。古话说得好，“有志者事竟成”。希腊最大的演说家是狄摩西尼，他生来口吃，一句话也说不清楚，但他抱定决心要成为一个大演说家，他天天一个人走到海边，向着大海练习演说，到后来居然达到了他的志愿。这个实例阿德勒派心理学家常喜援引。依他们说，人自觉有缺陷，就起“卑劣意识”，自耻不如人，于是心中就起一种“男性的抗议”，自己说我也是人，我不该不如人，我必用我的意志力来弥补天然的缺陷。阿德勒派学者用这原则解释许多伟大人物的非常成就，例如聋子成为大音乐家，瞎子成为大诗人之类。我觉得一个人的紧要关头在起“卑劣意识”的时候。起“卑劣意识”是知耻，孔子说得好，“知耻近乎勇”。但知耻虽近乎勇而却不就是勇。能勇必定有阿德勒派所说的

“男性的抗议”。“男性的抗议”就是认清了一条路径上抵抗力最大而仍然勇往直前，百折不挠。许多人虽天天在“卑劣意识”中过活，却永不能发“男性的抗议”，只知怨天尤人，甚至于自己不长进，希望旁人也跟着他不长进，看旁人长进，只怀满肚子醋意。这种人是由知耻回到无耻，注定的要堕落到十八层地狱，永不超生。

能朝抵抗力最大的路径走，是人的特点。人在能尽量发挥这特点时，就足见出他有富裕的生活力。一个人在少年时常是朝气勃勃，有志气，肯干，觉得世间无不可为之事，天大的困难也不放在眼里。到了年事渐长，受过了一些磨折，他就逐渐变成暮气沉沉，意懒心灰，遇事都苟且因循，得过且过，不肯出一点力去奋斗。一个人到了这时候，生活力就已经枯竭，虽是活着，也等于行尸走肉，不能有所作为了。所以一个人如果想奋发有为，最好是趁少年血气方刚的时候，少年时如果能努力，养成一种勇往直前百折不挠的精神，老而益壮，也还是可能的。

一个人的生活力之强弱，以能否朝抵抗力最大的路径为准，一个国家或是一个民族也是如此。这个原则有整个的世界史证明。姑举几个显著的例，西方古代最强悍的民族莫如罗马人，我们现在说到能吃苦肯干，重纪律，好冒险，仍说是“罗马精神”。因其有这种精神，所以罗马人东征西讨，终于统一了欧洲，建立一个庞大的殖民帝国。后来他们从殖民地获得丰富的资源，一般罗马公民都可以坐在家里不动而享受富裕的生活，于是变成骄奢淫逸，无恶不为，一到新兴的“野蛮”民族从欧洲东北角向南侵略，罗马人就毫无抵抗而分崩瓦解。再如满清，他们在入关以前过的是骑猎生活，民性最强悍，很富于吃苦冒险的精神，所以到明末张李之乱社会腐败紊乱时，他们以区区数十万人之力就能入主中夏。可是他们做了皇帝之后，一切皇亲国戚都坐着不动吃皇粮，享大位，过舒服生活，不到三百年，一个新兴民族就变成腐败不堪，辛亥革命起，我们就轻轻易易地把他们推翻了。我们如果要明白一个民族能够堕落到什么地步，最好去看看北平的旗人。

我们中华民族在历史上经过许多波折，从周秦到现在，没有哪一个时代我们不遇到很严重的内忧，也没有哪一个时代我们没有和邻近的民族挣扎，我们爬起来蹶倒，蹶倒了又爬起，如此者已不知若干次。从这简单的史实看，我们民族的生活力确是很强旺，它经过不断的奋斗才维持住它的生存权。这一点祖传的力量是值得我们尊重的。

于今我们又临到严重的关头了。横在我们面前的只有两条路，一是汪精卫和一班汉奸所走的，抵抗力最低的，屈伏；一是我们全民族在蒋委员长领导之下所走的，抵抗力最大的，抗战。我相信我们民族的雄厚的生活力能使我们克服一切困难。不过我们也要明白，我们的前途困难还很多，抗战胜利只解决困难的一部分，还有政治、经济、文化、教育各方面的建设工作还需要更大的努力。一直到现在，我们所拿出来的奋斗精神还是不够。因循、苟且、敷衍，种种病象在社会上还是很流行。我们还是有些老朽，我们应该趁早还童。

孟子说：“天将降大任于斯人也，必先苦其心志，劳其筋骨，饿其体肤，空乏其身，行拂乱其所为，所以动心忍性，增益其所不能。”于今我们的时代是“天将降大任于斯人”的时代了，孟子所说的种种磨折，我们正在亲领身受。我希望每个中国人，尤其是青年们，要明白我们的责任，本着大无畏的精神，不顾一切困难，向前迈进。

谈交友

人生的快乐有一大半要建筑在人与人的关系上面。只要人与人的关系调处得好，生活没有不快乐的。许多人感觉生活苦恼，原因大半在没有把人与人的关系调处适宜。这人与人的关系在我国向称为“人伦”。在人伦中先儒指出五个最重要的，就是君臣、父子、夫妇、兄弟、朋友。这五伦之中，父子、夫妇、兄弟起于家庭，君臣和朋友起于国家社会。先儒谈伦理修养，大半在五伦上做功夫，以为五伦上面如果无亏缺，个人修养固然到了极境，家庭和国家社会也就自然稳固了。五伦之中，朋友一伦的地位很特别，它不像其他四伦都有法律的基础，它起于自由的结合，没有法律的力量维系它或是限定它，它的唯一的基础是友爱与信义。但是它的重要性并不因此减少。如果我们把人与人中间的好感称为友谊，则无论是君臣、父子、夫妇或是兄弟之中，都绝对不能没有友谊。就字源说，在中西文里“友”字都含有“爱”的意义。无爱不成友，无爱也不成君臣、父子、夫妇或兄弟。换句话说，无论哪一伦，都非有朋友的要素不可，朋友是一切人伦的基础。懂得处友，就懂得处人；懂得处人，就懂得做人。一个人在处友方面如果有亏缺，他的生活不但不能是快乐的，而且也决不能是善的。

谁都知道，有真正的好朋友是人生一件乐事。人是社会的动物，生来就有同情心，生来也就需要同情心。读一篇好诗文，看一片好风景，没有一个人在身旁可以告诉他说："这真好呀！"心里就觉得美中有不足。遇到一件大喜事，没有人和你同喜，你的欢喜就要减少七八分；遇到一件大灾难，没有人和你同悲，你的悲痛就增加七八分。孤零零的一个人不能唱歌，不能说笑话，不能打球，不能跳舞，不能闹架拌嘴，总之，什么开心的事也不能做。世界最酷毒的刑罚要算幽禁和充军，逼得你和你所常接近的人们分开，让你尝无亲无友那种孤寂的风味。人必须接近人，你如果不信，请你闭关独居十天半个月，再走到十字街头在人群中挤一挤，你心里会感到说不出来的快慰，仿佛过了一次大瘾，虽然街上那些行人在平时没有一个让你瞧得上眼。人是一种怪物，自己是一个人，却要显得瞧不起人，要孤高自赏，要闭门谢客，要把心里所想的看成神妙不可言说，"不可与俗人道"，其实隐意识里面惟恐人不注意自己，不知道自己，不赞赏自己。世间最欢喜守秘密的人往往也是最不能守秘密的人。他们对你说："我告诉你，你却不要告诉人。"他不能不告诉你，却忘记你也不能不告诉人。这所谓"不能"实在出于天性中一种极大的压迫力。人需要朋友，如同人需要泄露秘密，都由于天性中一种压迫力在驱遣。它是一种精神上的饥渴，不满足就可以威胁到生命的健全。

谁也都知道，朋友对于性格形成的影响非常重大。一个人的好坏，朋友熏染的力量要居大半。既看重一个人把他当作真心朋友，他就变成一种受崇拜的英雄，他的一言一笑、一举一动都在有意无意之间变成自己的模范，他的性格就逐渐有几分变成自己的性格。同时，他也变成自己的裁判者，自己的一言一笑、一举一动，都要顾到他的赞许或非难。一个人可以蔑视一切人的毁誉，却不能不求见谅于知己。每个人身旁有一个“圈子”，这圈子就是他所常亲近的人围成的，他跳来跳去，常跳不出这圈子。在某一种圈子就成为某一种人。圣贤有道，盗亦有道。隔着圈子相视，尧可非桀，桀亦可非尧。究竟谁是谁非，责任往往不在个人而在他所在的圈子。古人说：“与善人交，如入芝兰之室，久而不闻其香；与恶人交，如入鲍鱼之肆，久而不闻其臭。”久闻之后，香可以变成寻常，臭也可以变成寻常，而习安之，就不觉其为香为臭。一个人应该谨慎择友，择他所在的圈子，道理就在此。人是善于模仿的，模仿品的好坏，全看模型的好坏，有如素丝，染于青则青，染于黄则黄。“告诉我谁是你的朋友，我就知道你是怎样的一种人。”这句西谚确实是经验之谈。《学记》论教育，一则曰：“七年视论学取友。”再则曰：“相观而善之谓摩。”从孔孟以来，中国士林向奉尊师敬友为立身治学的要道。这都是深有见于朋友的影响重大。师弟向不列于五伦，实包括于朋友一伦里面，师与友是不能分开的。

许叔重《说文解字》谓“同志为友”。就大体说，交友的原则是“同声相应，同气相求”。但是绝对相同在理论与事实都是不可能。“人心不同，各如其面。”这不同亦正有它的作用。朋友的乐趣在相同中容易见出；朋友的益处却往往在相异处才能得到。古人尝拿“如切如磋，如琢如磨”来譬喻朋友的交互影响。这譬喻实在是很恰当。玉石有瑕疵棱角，用一种器具来切磋琢磨它，它才能圆融光润，才能“成器”。人的性格也难免有瑕疵棱角，如私心、成见、骄矜、暴躁、愚昧、顽恶之类，要多受切磋琢磨，才能洗刷净尽，达到玉润珠圆的境界。朋友便是切磋琢磨的利器，与自己愈不同，磨擦愈多，切磋琢磨的影响也就愈大。这影响在学问思想方面最容易见出。一个人多和异己的朋友讨论，会逐渐发现自己的学说不圆满处，对方的学说有可取处，逼得不得不作进一层的思考，这样地对于学问才能逐渐鞭辟入里。在朋友互相切磋中，一方面被“磨”，一方面也在受滋养。一个人被“磨”的方面愈多，吸收外来的滋养也就愈丰富。孔子论益友，所以特重直谅多闻。一个不能有诤友的人永远是愚而好自用，在道德学问上都不会有很大的成就。

好朋友在我国语文里向来叫做“知心”或“知己”，“知交”也是一个习用的名词，这个语言的习惯颇含有深长的意味。从心理观点看，求见知于人是一种社会本能，有这本能，人与人才可免除隔阂，打成一片，社会才能成立。它是社会生命所藉以维持的，犹如食色本能是个人与种族生命所藉以维持的，所以它与食色本能同样强烈。古人尝以一死报知己，锺子期死后，伯牙不复鼓琴。这种行为在一般人看近似于过激，其实是由于极强烈的社会本能在驱遣。其次，从伦理哲学观点看，知人是处人的基础，而知人却极不易，因为深刻的了解必基于深刻的同情。深刻的同情只在真挚的朋友中才常发见，对于一个人有深交，你才能真正知道他。了解与同情是互为因果的，你对于一个人愈同情，就愈能了解他；你愈了解他，也就愈同情他。法国人有一句成语说："了解一切，就是宽容一切。"（tout comprendre，c'est tout pardonner.）这句话说来像很容易，却是人生的最高智慧，需要极伟大的胸襟才能做到。古今有这种胸襟的只有几个大宗教家，像释迦牟尼和耶稣，有这种胸襟才能谈到大慈大悲；没有它，任何宗教都没有灵魂。修养这种胸襟的捷径是多与人做真正的好朋友，多与人推心置腹，从对于一部分人得到深刻的了解，做到对于一般人类起深厚的同情。从这方面看，交友的范围宜稍广泛，各种人都有最好，不必限于自己同行同趣味的。蒙田在他的论文里提出一个很奇怪的主张，以为一个人只能有一个真正的朋友，我对这主张很怀疑。

交友是一件寻常事，人人都有朋友，交友却也不是一件易事，很少人有真正的朋友。势利之交固容易破裂，就是道义之交也有时不免闹意气之争。王安石与司马光、苏轼、程颢诸人在政治和学术上的倾轧便是好例。他们个个都是好人，彼此互有相当的友谊，而结果闹成和世俗人一般的翻云覆雨。交道之难，从此可见。从前人谈交道的话说得很多。例如“朋友有信”，“久而敬之”，“君子之交淡如水”，视朋友须如自己，要急难相助，须知护友之短，像孔子不假盖于悭吝朋友，要劝善规过，但“不可则止，无自辱焉”。这些话都是说起来颇容易，做起来颇难。许多人都懂得这些道理，但是很少人真正会和人做朋友。

孔子尝劝人“无友不如己者”，这话使我很徨徨不安。你不如我，我不和你做朋友，要我和你做朋友，就要你胜似我，这样我才能得益。但是这算盘我会打你也就会打，如果你也这么说，你我之间不就没有做朋友的可能么？柏拉图写过一篇谈友谊的对话，另有一番奇妙议论。依他看，善人无须有朋友，恶人不能有朋友，善恶混杂的人才或许需要善人为友来消除他的恶，恶去了，友的需要也就随之消灭。这话显然与孔子的话有些抵牾。谁是谁非，我至今不能断定，但是我因此想到朋友之中，人我的比较是一个重要问题，而这问题又和善恶问题密切相关。我从前研究美学上的欣赏与创造问题，得到一个和常识不相通的结论，就是：欣赏与创造根本难分，每人所欣赏的世界就是每人所创造的世界，就是他自己的情趣和性格的返照；你在世界中能“取”多少，就看你在你的性灵中能提出多少“与”它，物与我之中有一种生命的交流，深人所见于物者深，浅人所见于物者浅。现在我思索这比较实际的交友问题，觉得它与欣赏艺术自然的道理颇可暗合默契。你自己是什样的人，就会得到什样的朋友。人类心灵尝交感回流。你拿一分真心待人，人也就拿一分真心待你，你所“取”如何，就看你所“与”如何。“爱人者人恒爱之，敬人者人恒敬之。”人不爱你敬你，就显得你自己有损缺。你不必责人，先须返求诸己。不但在情感方面如此，在性格方面也都是如此。友必同心，所谓“心”是指性灵同在一个水准上。如果你我在性灵上有高低，我高就须感化你，把你提高到同样水准；你高也是如此，否则友谊就难成立。朋友往往是测量自己的一种最精确的尺度。你自己如果不是一个好朋友，就决不能希望得到一个好朋友。要是好朋友，自己须先是一个好人。我很相信柏拉图的“恶人不能有朋友”的那一句话。恶人可以做好朋友时，他在他方面尽管是坏，在能为好朋友一点上就可证明他还有人性，还不是一个绝对的恶人。说来说去，“同声相应，同气相求”那句老话还是对的，何以交友的道理在此，如何交友的方法也在此。交友和一般行为一样，我们应该常牢记在心的是“责己宜严，责人宜宽”。

谈谦虚

说来说去，做人只有两桩难事，一是如何对付他人，一是如何对付自己。这归根还只是一件事，最难的事还是对付自己，因为知道如何对付自己，也就知道如何对付他人，处世还是立身的一端。

自己不易对付，因为对付自己的道理有一个模棱性，从一方面看，一个人不可无自尊心，不可无我，不可无人格。从另一方面看，他不可有妄自尊大心，不可执我，不可任私心成见支配。总之，他自视不宜太小，却又不宜太大，难处就在调剂安排，恰到好处。

自己不易对付，因为不容易认识，正如有力不能自举，有目不能自视。当局者迷，旁观者清。我们对于自己是天生成的当局者而不是旁观者，我们自囿于“我”的小圈子，不能跳开“我”来看世界、来看“我”，没有透视所必需的距离，不能取正确观照所必需的冷静的客观态度，也就要执迷，认不清自己，只任私心、成见、虚荣、幻觉种种势力支配，把自己的真实面目弄得完全颠倒错乱。我们像蚕一样，作茧自缚，而这茧就是自己对于自己所错认出来的幻相。真正有自知之明的人实在不多见。“知人则哲”，自知或许是哲以上的事。“知道你自己”一句古训所以被称为希腊人最高智慧的结晶。

“知道你自己”，谈何容易！在日常自我估计中，道理总是自己的对，文章总是自己的好，品格也总是自己的高，小的优点放得特别大，大的弱点缩得特别小。人常“阿其所好”，而所好者就莫过于自己。自视高，旁人如果看得没有那么高，我们的自尊心就遭受了大打击，心中就结下深仇大恨。这种毛病在旁人，我们就马上看出；在自己，我们就熟视无睹。

希腊神话中有一个故事。一位美少年纳西司（Narcissus）自己羡慕自己的美，常伏在井栏上俯看水里自己的影子，愈看愈爱，就跳下去拥抱那影子，因此就落到井里淹死了。这寓言的意义很深永。我们都有几分“纳西司病”，常因爱看自己的影子堕入深井而不自知。照镜子本来是好事，我们对于不自知的人常加劝告：“你去照照镜子看！”可是这种忠告是不聪明的，他看来看去，还是他自己的影子，像纳西司一样，他愈看愈自鸣得意，他的真正面目对于他自己也就愈模糊。他的最好的镜子是世界，是和他同类的人。他认清了世界，认清了人性，自然也就会认清自己，自知之明需要很深厚的学识经验。

德尔斐神谕宣示希腊说，苏格拉底是他们中间最大的哲人，而苏格拉底自己的解释是：他本来和旁人一样无知，旁人强不知以为知，他却明白自己的确无知，他比旁人高一着，就全在这一点。苏格拉底的话老是这样浅近而深刻，诙谐而严肃。他并非说客套的谦虚话，他真正了解人类知识的限度。“明白自己无知”是比得上苏格拉底的那样哲人才能达到的成就。有了这个认识，他不但认清了自己，多少也认清了宇宙。孔子也仿佛有这种认识。他说：“吾有知乎哉，无知也。”他告诉门人：“知之为知之，不知为不知，是知也。”所谓“不知之知”正是认识自己所看到的小天地之外还有无边世界。

这种认识就是真正的谦虚。谦虚并非故意自贬声价，作客套应酬，像虚伪者所常表现的假面孔；它是起于自知之明，知道自己所已知的比起世间所可知的非常渺小，未知世界随着已知世界扩大，愈前走发见天边愈远。他发见宇宙的无边无底，对之不能不起崇高雄伟之感，返观自己渺小，就不能不起谦虚之感。谦虚必起于自我渺小的意识，谦虚者的心目中必有一种为自己所不知不能的高不可攀的东西，老是要抬着头去望它。这东西可以是全体宇宙，可以是圣贤豪杰，也可以是一个崇高的理想。一个人必须见地高远，“知道天高地厚”才能真正地谦虚；不知道天高地厚的人就老是觉得自己伟大，海若未曾望洋，就以为“天下之美尽在己”。谦虚有它消极方面，就是自我渺小的意识；也有它积极方面，就是高远的瞻瞩与恢阔的胸襟。

看浅一点，谦虚是一种处世哲学。“人道恶盈而喜谦”，人本没有可盈的时候，自以为盈，就无法再有所容纳，有所进益。谦虚是知不足，“知不足然后能自强”。一切自然节奏都是一起一伏。引弓欲张先弛，升高欲跳先蹲，谦虚是进取向上的准备。老子譬道，常用谷和水。“谷神不死”，“旷兮其若谷”，“上善若水”，“天下莫柔弱于水而攻坚强者莫之能胜”。谷虚所以有容，水柔所以不毁。人的谦虚可以说是取法于谷和水，它的外表虽是空旷柔弱，而它的内在的力量却极刚健。《大易》的谦卦六爻皆吉。作《易》的人最深知谦的力量，所以说，“谦尊而光，卑而不可逾”。道家与儒家在这一点认识上是完全相同的。这道理好比打太极拳，极力求绵软柔缓，可是“四两拨千斤”，极强悍的力士在这轻推慢挽之前可以望风披靡。古希腊的悲剧作者大半是了解这个道理的，悲剧中的主角往往以极端的倔强态度和不可以倔强胜的自然力量（希腊人所谓神的力量）搏斗，到收场时一律被摧毁，悲剧的作者拿这些教训在观众心中引起所谓“退让”（resignation）情绪，使人恍然大悟，在自然大力之前，人是非常渺小的，人应该降下他的骄傲心，顺从或接受不可抵制的自然安排。这思想在后来耶稣教中也很占势力。近代科学主张“以顺从自然去征服自然”，道理也是如此。

看深一点，谦虚是一种宗教情绪。这道理在上文所说的希腊悲剧中已约略可见。宗教都有一个被崇拜的崇高的对象，我们向外所呈献给被崇拜的对象是虔敬，向内所对待自己的是谦虚。虔敬和谦虚是宗教情绪的两方面，内外相应相成。这种情绪和美感经验中的“崇高意识”（sense of the sublime）以及一般人的英雄崇拜心理是相同的。我们突然间发现对象无限伟大，无形中自觉此身渺小，于是栗然生畏，肃然起敬；但是惊心动魄之余，就继以心领神会，物我交融，不知不觉中把自己也提升到那同样伟大的境界。对自然界的壮观如此，对伟大的英雄如此，对理想中所悬的全知全能的神或尽善尽美的境界也是如此。在这种心境中，我们同时感到自我的渺小和人性的尊严，自卑和自尊打成一片。

我们姑拿两首人人皆知的诗来说明这个道理。一是陈子昂的，“前不见古人，后不见来者。念天地之悠悠，独怆然而涕下！”一是杜甫的，“侧身天地常怀古，独立苍茫自咏诗”。我们试玩味两诗所表现的心境。在这种际会，作者还是觉得上天下地，唯我独尊，因而踌躇满志呢，还是四顾茫茫，发见此身渺小而恍然若有所失呢？这两种心境在表面上是相反的，而在实际上却并行不悖，形成哲学家们所说的“相反者之同一”。在这种际会，骄傲和谦虚都失去了它们的寻常意义，我们骄傲到超出骄傲，谦虚到泯没谦虚。我们对庄严的世相呈献虔敬，对蕴藏人性的“我”也呈献虔敬。

有这种情绪的人才能了解宗教，释迦和耶稣都富于这种情绪，他们极端自尊也极端谦虚。他们知道自尊必从谦虚做起，所以立教特重谦虚。佛家的大戒是“我执”“我谩”。佛家的哲学精义在“破我执”。佛徒在最初时期都须以行乞维持生活，所以叫做“比丘”。行乞是最好的谦虚训练。耶稣常溷身下层阶级，一再告诫门徒说：“凡自己谦卑像这小孩的，他在天国里就是最大的”，“你们中间谁为大，谁就要做你们的用人，自高的必降为卑，自卑的必升为高”。这教训在中世纪发生影响极大，许多僧侣都操贱役，过极刻苦的生活，去实现谦卑（humiliation）的理想，圣佛兰西斯是一个很美的例证。

耶佛和其他宗教都有膜拜的典礼，它的意义深可玩味。在只是虚文时，它似很可鄙笑；在出于至诚时，它却是虔敬和谦虚的表现，人类可敬的动作就莫过于此。人难得弯下这个腰干，屈下这双膝盖，低下这颗骄傲的心，在真正可尊敬者的面前“五体投地”。有一次我去一个法会听经，看见皈依的信士们进来时恭恭敬敬地磕一个头，出去时又恭恭敬敬地磕一个头。我很受感动，也觉得有些些尴尬。我所深感惭愧的倒不是人家都磕头而我不磕头，而是我的衷心从来没有感觉到有磕头的需要。我虽是愚昧，却明白这足见性分的浅薄。我或是没有脱离“无明”，没有发现一种东西叫我敬仰到须向它膜拜的程度；或是没有脱离“我谩”，虽然发现了可膜拜者而仍以膜拜为耻辱。

“我谩”就是骄傲，骄傲是自尊情操的误用。人不可没有自尊情操，有自尊情操才能知耻，才能有所谓荣誉意识（sense of honour），才能有所为有所不为，也才能发奋向上。孔子说“知耻近乎勇”，和《学记》的“知不足然后能自强”，《易经》的“谦尊而光，卑而不可逾”两句名言意义骨子里相同。近代心理学家阿德勒（Adler）把这个道理发挥得最透辟。依他看，我们有自尊心，不甘居下流，所以发现了自己的缺陷，就引以为耻，在心理形成所谓“卑劣结”（inferiority complex），同时激起所谓“男性的抗议”（masculine protest），要努力弥补缺陷，消除卑劣，来显出自己的尊严。努力的结果往往不但弥补缺陷，而且所达到的成就反比本来没有缺陷的更优越。希腊的狄摩西尼本来口吃，不甘心受这缺陷的限制，发愤练习演说，于是成为最大的演说家。中国孙子因膑足而成兵法，左丘明因失明而成《国语》，司马迁因受宫刑而作《史记》，道理也是如此。阿德勒所谓“卑劣结”其实就是谦虚、“知耻”或“知不足”；他的“男性抗议”就是“自强”“近乎勇”或“卑而不可逾”。从这个解释，我们也可以看出谦虚与自尊心不但并不相反，而且是息息相通。真正有自尊心者才能谦虚，也才能发奋为雄。“尧，人也，舜，人也，有为者亦若是”，在作这种打算时，我们一方面自觉不如尧舜，那就是谦虚，一方面自觉应该如尧舜，那就是自尊。

骄傲是自尊情操的误用，是虚荣心得到廉价的满足。虚荣心和幻觉相连，有自尊而无自知。它本来起于社会本能——要见好于人；同时也带有反社会的倾向，要把人压倒，它的动机在好胜而不在向上，在显出自己的荣耀而不在理想的追寻。虚荣加上幻觉，于是在人我比较中，我们比得胜固然自骄其胜，比不胜也仿佛自以为胜，或是丢开定下来的标准，另寻自己的胜处。我们常暗地盘算：你比我能干，可是我比你有学问；你干的那一行容易，地位低，不重要，我干的才是真正了不起的事业；你的成就固然不差，可是如果我有你的地位和机会，我的成就一定比你更好。总之，我们常把眼睛瞟着四周的人，心里作一个结论："我比你强一点！"于是伸起大拇指，洋洋自得，并且期望旁人都甘拜下风，这就是骄傲。人之骄傲，谁不如我？我以压倒你为快，你也以压倒我为快。无论谁压倒谁，妒忌、忿恨、争斗以及它们所附带的损害和苦恼都在所不免。人与人，集团与集团，国家与国家，中间许多灾祸都是这样酿成的。"礼至而民不争"，礼之端就是辞让，也就是谦虚。

欢喜比照人己而求己比人强的人大半心地窄狭，谩世傲物的人要归到这一类。他们昂头俯视一切，视一切为"卑卑不足道"，"望望然去之"。阮籍能为青白眼，古今传为美谈。这种谩世傲物的态度在中国向来颇受人重视。从庄子的"让王"类寓言起，经过魏晋清谈，以至后世对于狂士和隐士的崇拜，都可以表现这种态度的普遍。这仍是骄傲在作祟。在清高的烟幕之下藏着一种颇不光明的动机。"人都龌龊，只有我干净"（所谓"世人皆浊我独清"），他们在这种自信或幻觉中酖醉而陶然自乐。熟看《世说新语》，我始而羡慕魏晋人的高标逸致，继而起一种强烈的反感，觉得那一批人毕竟未闻大道，整天在臧否人物，自鸣得意，心地毕竟局促。他们忘物而未能忘我，正因其未忘我而终亦未能忘物，态度毕竟是矛盾。魏晋人自有他们的苦闷，原因也就在此。“人都龌龊，只有我干净。”这看法或许是幻觉，或许是真理。如果它是幻觉，那是妄自尊大；如果它是真理，就引以自豪，也毕竟是小气。孔子、释迦、耶稣诸人未尝没有这种看法，可是他们的心理反应不是骄傲而是怜悯，不是遗弃而是援救。长沮、桀溺说：“滔滔者天下皆是，而谁以易之。”孔子说：“鸟兽不可与同群，吾非斯人之徒与而谁与？”这是谩世傲物者与悲天悯人者在对人对己的态度上的基本分别。

人生本来有许多矛盾的现象，自视愈大者胸襟愈小，自视愈小者胸襟愈大。这种矛盾起于对于人生理想所悬的标准高低。标准悬得愈低，愈易自满，标准悬得愈高，愈自觉不足。虚荣者只求胜过人，并不管所拿来和自己比较的人是否值得做比较的标准。只要自己显得是长子，就在矮人国中也无妨。孟子谈交友的对象，分出“一乡之善士”，“一国之善士”，“天下之善士”，“古之人”四个层次。我们衡量人我也要由“一乡之善士”扩充到“古之人”。大概性格愈高贵，胸襟愈恢阔，用来衡量人我的尺度也就愈大，而自己也就显得愈渺小。一个人应该有自己渺小的意识，不仅是当着古往今来的圣贤豪杰的面前，尤其是当着自然的伟大、人性的尊严和时空的无限。你要拿人比自己，且抛开张三李四，比一比孔子、释迦、耶稣、屈原、杜甫、米开朗琪罗、贝多芬或是爱迪生！且抛开你的同类，比一比太平洋、大雪山、诸行星的演变和运行，或是人类知识以外的那一个茫茫宇宙！在这种比较之后，你如果不为伟大崇高之感所撼动而俯首下心，肃然起敬，你就没有人性中最高贵的成分。你如果不盲目，看得见世界的博大，也看得见世界的精微，你想一想，世间哪里有临到你可凭以骄傲的？

在见道者的高瞻远瞩中，“我”可以缩到无限小，也可以放到无限大。在把“我”放到无限大时，他们见出人性的尊严；在把“我”缩到无限小时，他们见出人性在自己小我身上所实现的非常渺小。这两种认识合起来才形成真正的谦虚。佛家法相一宗把叫做“我”的肉体分析为“扶根尘”，和龟毛兔角同为虚幻，把“我”的通常知见都看成幻觉，和镜花水月同无实在性。这可算把自我看成极渺小。可是他们同时也把宇宙一切，自大地山河以至玄理妙义，都统摄于圆湛不生灭妙明真心，万法唯心所造，而此心却为我所固有，所以“明心见性”，“即心即佛”。这就无异于说，真正可以叫做“我”的那种“真如自性”还是在我，宇宙一切都由它生发出来，“我”就无异于创世主。这对于人性却又看得何等尊严！不但宗教家，哲学家像柏拉图、康德诸人大抵也还是如此看法。我们先秦儒家的看法也不谋而合。儒本有“柔懦”的意义，儒家一方面继承“一命而偻，再命而伛，三命而俯，循墙而走”那种传统的谦虚恭谨，一方面也把“我”看成“与天地合德”。他们说：“返身而诚，万物皆备于我矣”，“能尽人之性，则能尽物之性；能尽物之性，则可以赞天地之化育，与天地参矣”。他们拿来放在自己肩膀上的责任是“为天地立心，为生民立命，为往圣继绝学，为万世开太平”。这种“顶天立地，继往开来”的自觉是何等尊严！

意识到人性的尊严而自尊，意识到自我的渺小而自谦，自尊与自谦合一，于是法天行健，自强不息，这就是《易经》所说的“谦尊而光，卑而不可逾”。

谈学问

这是一个大题目，不易谈；因为许多人对它有很大的误解，却又不能不谈。最大的误解在把学问和读书看成一件事。子弟进学校不说是“求学”而说是“读书”，学子向来叫做“读书人”，粗通外国文者在应该用“学习”（learn）或“治学”（study）等字时常用“阅读”（read）来代替。这种传统观念的错误影响到我国整个教育的倾向。各级学校大半把教育缩为知识传授，而知识传授的途径就只有读书，教员只是“教书人”。这种错误的观念如果不改正，教育和学问恐怕就没有走上正轨的希望。如果我们稍加思索，它也应该不难改正。学是学习，问是追问。世间可学习可追问的事理甚多，知识技能须学问，品格修养也还须学问；读书人须学问，农工商兵也还须学问，各行有各行的“行径”。学问是任何人对于任何事理，由不知求知，由不能求能的一套功夫。它的范围无限，人生一切活动，宇宙一切现象和真理，莫不包含在内。学问的方法甚多。人从堕地出世，没有一天不在学问。有些学问是由仿效得来的，也有些学问是由尝试、思索、体验和涵养得来的。读书不过是学问的方法之一种，它当然很重要，却并非唯一的。朱子教门徒，一再申说“读书乃学者第二事”。有许多读书人实在并非在做学问，也有许多实在做学问的人并不专靠读书，制造文字——书的要素——是一种绝大学问，而首先制造文字的人就根本无书可读。许多其他学问都可由此类推。子路的“何必读书然后为学”一句话本身并不错，孔子骂他，只是讨厌他说这话的动机在辩护让一个青年学子去做官，也并没有说它本身错。

一般人常埋怨现在青年对于学问没有浓厚的兴趣。就个人任教的经验说，我也有这样的观感。平心而论，这大半要归咎我们“教书人”把学问看成“教书”“读书”。一个错误的观念如果不全是我们养成的，至少我们未曾设法纠正。而且我们自己又没有好生学问，给青年学子树一个好榜样，可以激励他们的志气，提起他们的兴趣。此外，社会上一般人对于学问的性质和功用所存的误解也不无关系。近代西方学者常把纯理的学问和应用的学问分开，以为治应用的学问是有所为而为，治纯理的学问是无所为而为。他们怕学问全落到应用一条窄路上，尝设法替无所为而为的学问辩护，说它虽“无用”，却可满足人类的求知欲。这种用心很可佩服，而措词却不甚正确。学问起于生活的需要，世间绝没有一种学问无用，不过“用”的意义有广狭之别。学得一种学问，就可以有一种技能，拿它来应用于实际事业，如学得数学几何三角就可以去算账、测量、建筑、制造机械，这是最正常的“用”字的狭义。学得一点知识技能，就混得一种资格，可以谋一个职业，解决饭碗问题，这是功利主义的“用”字的狭义。但是学问的功用并不仅如此，我们甚至可以说，学问的最大功用并不在此。心理学者研究智力，有普通智力与特殊智力的分别；古人和今人品题人物，都有通才与专才的分别。学问的功用也可以说有“通”有“专”。治数学即应用于计算数量，这是学问的专用；治数学而变成一个思想缜密、性格和谐、善于立身处世的人，这是学问的通用。学问在实际上确有这种通用。就智慧说，学问是训练思想的工具。一个真正有学问的人必定知识丰富、思想锐敏、洞达事理，处任何环境，知道把握纲要、分析条理、解决困难。就性格说，学问是道德修养的途径。苏格拉底说得好，“知识即德行”。世间许多罪恶都起于愚昧，如果真正彻底明了一件事是好的，另一件事是坏的，一个人决不会睁着眼睛向坏的方面走。中国儒家讲学问，素来全重立身行己的功夫，一个学者应该是一个圣贤，不仅如现在所谓“知识分子”。

现在所谓“知识分子”的毛病在只看到学的狭义的“用”，尤其是功利主义的“用”。学问只是一种干禄的工具。我曾听到一位教授在编成一部讲义之后，心满意足地说：“一生吃着不尽了！”我又曾听到一位朋友劝导他的亲戚不让刚在中学毕业的儿子去就小事说：“你这种办法简直是吃稻种！”许多升学的青年实在只为着要让稻种发生成大量谷子，预备“吃着不尽”。所以大学里“出路”最广的学系如经济系、机械系之类常是拥挤不堪，而哲学系、数学系、生物学系诸“冷门”，就简直无人问津。治学问根本不是为学问本身，而是为着它的出路销场，在治学问时既是“醉翁之意不在酒”，得到出路销场后当然更是“得鱼忘筌”了。在这种情形之下的我们如何能期望青年学生对于学问有浓厚的兴趣呢？

这种对于学问功用的窄狭而错误的观念必须及早纠正。生活对于有生之伦是唯一的要务，学问是为生活。这两点本是天经地义。不过现代中国人的错误在把“生活”只看成口腹之养。“谋生活”与“谋衣食”在流行语中是同一意义。这实在是错误得可怜可笑。人有肉体，有心灵。肉体有它的生活，心灵也应有它的生活。肉体需要营养，心灵也不能“辟谷”。肉体缺乏营养，必酿成饥饿病死；心灵缺乏营养，自然也要干枯腐化。人为万物之灵，就在他有心灵或精神生活。所以测量人的成就并不在他能否谋温饱，而在他有无丰富的精神生活。一个人到了只顾衣食饱暖而对于真善美漫不感觉兴趣时，他就只能算是一种“行尸走肉”，一个民族到了只顾体肤需要而不珍视精神生活的价值时，它也就必定逐渐没落了。

学问是精神的食粮，它使我们的精神生活更加丰富。肚皮装得饱饱的，是一件乐事，心灵装得饱饱的，是一件更大的乐事。一个人在学问上如果有浓厚的兴趣，精深的造诣，他会发见万事万物各有一个妙理在内，他会发见自己的心涵蕴万象，澄明通达，时时有寄托，时时在生展，这种人的生活决不会干枯，他也决不会做出卑污下贱的事。《论语》记“颜子在陋巷，一箪食，一瓢饮，人不堪其忧，回也不改其乐”。孔子赞他“贤”，并不仅因为他能安贫，尤其因为他能乐道，换句话说，他有极丰富的精神生活。宋儒教人体会颜子所乐何在，也恰抓着紧要处，我们现在的人不但不能了解这种体会的重要，而且把它看成道学家的迂腐。这在民族文化上是一个极严重的病象，必须趁早设法医治。

中国语中“学”与“问”连在一起说，意义至为深妙，比西文中相当的译词如 learning，study，science 诸字都好得多。人生来有向上心，有求知欲，对于不知道的事物欢喜发疑问。对于一种事物发生疑问，就是对于它感觉兴趣。既有疑问，就想法解决它，几经摸索，终于得到一个答案，于是不知道的变为知道的，所谓“一旦豁然贯通”，这便是学有心得。学原来离不掉问，不会起疑问就不会有学。许多人对于一种学问不感觉兴趣，原因就在那种学问对于他们不成问题，没有什么逼得他们要求知道。但是学问的好处正在原来有问题的可以变成没有问题，原来没有问题的也可以变成有问题。前者是未知变成已知，后者是发见貌似已知究竟仍为未知。比如说逻辑学，一个中学生学过一年半载，看过一部普通教科书，觉得命题、推理、归纳、演绎之类都讲得妥妥帖帖，了无疑义。可是他如果进一步在逻辑学上面下一点研究工夫，便会发见他从前认为透懂的几乎没有一件不成为问题，没有一件不曾经许多学者辩论过。他如果再更进一步去讨探，他会自己发见许多有趣的问题，并且觉悟到他自己一辈子也不一定能把这些问题都解决得妥妥帖帖。逻辑学是一科比较不幼稚的学问，犹且如此，其他学问更可由此类推了。一个人对于一种学问如果肯钻进里面去，必须使有问题的变为没有问题（这便是问），疑问无穷，发见无穷，兴趣也就无穷。学问之难在此，学问之乐也就在此。一个人对于一种学问说是不感兴趣，那只能证明他不用心，不努力下功夫，没有钻进里面去。世间决没有自身无兴趣的学问，人感觉不到兴趣，只由于人的愚昧或懒惰。

学与问相连，所以学问不只是记忆而必是思想，不只是因袭而必是创造。凡是思想都是由已知推未知，创造都是旧材料的新综合，所以思想究竟须从记忆出发，创造究竟须从因袭出发。由记忆生思想，由因袭生创造，犹如吸收食物加以消化之后变为生命的动力。食而不化固然是无用，不食而求化也还是求无中生有。向来论学问的话没有比孔子的“学而不思则罔，思而不学则殆”两句更为精深透辟。学原有“效”义，研究儿童心理学者都知道学习大半基于因袭或模仿。这里所谓“学”是偏重吸收前人已有的知识和经验。思是自己运用脑筋，一方面求所学得的能融会贯通，井然有条，一方面由疑难启发新知识与新经验。一般学子有两种通弊。一种是聪明人所常犯着的，他们过于相信自己的思考力而忽略前人的成就。其实每种学问都有长久的历史，其中每一个问题都曾经许多人思虑过，讨论过，提出过种种不同的解答，你必须明白这些经过，才可以利用前人的收获，免得绕弯子甚至于走错路。比如说生物学上的遗传问题，从前雷马克、达尔文、魏意斯曼、孟德尔诸大家已经做过许多实验，得到许多观察，用过许多思考。假如你对于他们的工作茫无所知或是一笔抹煞，只凭你自己的聪明才力来解决遗传问题，这岂不是狂妄？世间这种“思而不学”的人正甚多，他们不知道这种凭空构造的“殆”。另外一种通弊是资质较钝而肯用功的人所常犯的。他们一味读死书，古人所说的无论正确不正确，都不分皂白地接受过来，吟咏赞叹，自己毫不用思考求融会贯通，更没有一点冒险的精神，自己去求新发见，这是学而不思，孔子对于这种办法所下的评语是“罔”，意思就是说无用。

学问全是自家的事。环境好、图书设备充足、有良师益友指导启发，当然有很大的帮助。但是这些条件具备不一定能保障一个人在学问上有成就，世间也有些在学问上有成就的人并不具这些条件。最重要的因素是个人自己的努力。学问是一件艰苦的事，许多人不能忍耐它所必经的艰苦。努力之外，第二个重要的因素是认清方向与门径。入手如果走错了路，愈努力则入迷愈深，离题愈远。比如学写字、诗文或图画，一走上庸俗恶劣的路，后来如果想把它丢开，比收覆水还更困难，习惯的力量比什么都较沉重，世上有许多人像在努力做学问，只是陷入“野狐禅”，高自期许而实荒谬绝伦，这个毛病只有良师益友可以挽救。学校教育，在我想，只有两个重要的功用：第一是启发兴趣，其次就是指点门径。现在一般学校不在这两方面努力，只尽量灌输死板的知识。这种教育对于学问不仅无裨益而且是障碍！

谈价值意识

“物有本末，事有终始，知所先后，则近道矣。”

我初到英国读书时，一位很爱护我的教师——辛博森先生——写了一封很恳切的长信，给我讲为人治学的道理，其中有一句话说：“大学教育在使人有正确的价值意识，知道权衡轻重。”于今事隔二十余年，我还很清楚地记得这句看来颇似寻常的话。在当时，我看到了有几分诧异，心里想：大学教育的功用就不过如此么？这二三十年的人生经验才逐渐使我明白这句话的分量。我有时虚心检点过去，发现了我每次的过错或失败都恰是当人生歧路，没有能权衡轻重，以至去取失当。比如说，我花去许多工夫读了一些于今看来是值不得读的书，做了一些于今看来是值不得做的文章，尝试了一些于今看来是值不得尝试的事，这样地就把正经事业耽误了。好比行军，没有侦出要塞，或是侦出要塞而不尽力去击破，只在无战争重要性的角落徘徊摸索，到精力消耗完了还没碰着敌人，这岂不是愚蠢？

我自己对于这种愚蠢有切身之痛，每衡量当世人物，也欢喜审察他们有没有犯同样的毛病。有许多在学问思想方面极为我所敬佩的人，希望本来很大，他们如果死心塌地做他们的学问，成就必有可观。但是因为他们在社会上名望很高，每个学校都要请他们演讲，每个机关都要请他们担任职务，每个刊物都要请他们做文章，这样一来，他们不能集中力量去做一件事，用非其长，长处不能发展，不久也就荒废了。名位是中国学者的大患。没有名位去挣扎求名位，旁驰博骛，用心不专，是一种浪费；既得名位而社会视为万能，事事都来打搅，惹得人心花意乱，是一种更大的浪费。“古之学者为己，今之学者为人。”在“为人”“为己”的冲突中，“为人”是很大的诱惑。学者遇到这种诱惑，必须知所轻重，毅然有所取舍，否则随波逐流，不旋踵就有没落之祸。认定方向，立定脚跟，都需要很深厚的修养。

“正其谊不谋其利，明其道不计其功”，是儒家在人生理想上所表现的价值意识。“学也禄在其中”，既学而获禄，原亦未尝不可；为干禄而求学，或得禄而忘学便是颠倒本末。我国历来学子正坐此弊。记得从前有一个学生刚在中学毕业，他的父亲就要他做事谋生，有友人劝阻他说：“这等于吃稻种。”这句聪明话可表现一般家长视教育子弟为投资的心理。近来一般社会重视功利，青年学子便以功利自期，入学校只图混资格作敲门砖，对学问没有浓厚的兴趣，至于立身处世的道理更视为迂阔而远于事情。这是价值意识的混乱。教育的根基不坚实，影响到整个社会风气以至于整个文化。轻重倒置，急其所应缓，缓其所应急，这种毛病在每个人的生活上、在政治上、在整个文化动向上都可以看见。近来我看了英人贝尔的《文化论》（Clive Bell：*Civilization*），其中有一章专论价值意识为文化要素，颇引起我的一些感触。贝尔专从文化观点立论，我联想到“价值意识”在人生许多方面的意义。这问题值得仔细一谈。

自然界事物纷纭错杂，人能不为之迷惑，赖有两种发见，一是条理，一是分寸。条理是联系线索，分寸是本末轻重。有了条理，事物才能分别类居，不相杂乱；有了分寸，事物才能尊卑定位，各适其宜。条理是横面上的秩序，分寸是纵面上的等差。条理在大体上是纯理活动的产品，是偏于客观的；分寸的鉴别则有赖于实用智慧，常为情感意志所左右，带有主观的成分。别条理，审分寸，是人类心灵的两种最大的功能。一般自然科学在大体上都是别条理的事，一般含有规范性的学术如文艺、伦理、政治之类都是审分寸的事。这两种活动有时相依为用，但是别条理易，审分寸难。一个稍有逻辑修养的人大半能别条理，审分寸则有待于一般修养。它不仅是分析，而且是衡量；不仅是知解，而且是抉择。“厩焚，子退朝，曰‘伤人乎？’不问马。”这件事本很琐细，但足见孔子心中所存的分寸，这种分寸是他整个人格的表现。

所谓审分寸，就是辨别紧要的与琐屑的，也就是有正确的价值意识。“价值”是一个哲学上的术语，有些哲学家相信世间有绝对价值，永住常在，不随时空及人事环境为转移，如康德所说的道德责任，黑格尔所说的永恒公理。但是就一般知解说，价值都有对待，高下相形，美丑相彰，而且事物自身本无价值可言，其有价值，是对于人生有效用，效用有大小，价值就有高低。这所谓“效用”自然是指极广义的，包含一切物质的和精神的实益，不单指狭义功利主义所推崇的安富尊荣之类。作为这样的解释，价值意识对于人生委实是重要。人生一切活动，都各追求一个目的，我们必须先估定这目的有无追求的价值。如果根本没有价值而我们去追求，只追求较低的价值，我们就打错了算盘，没有尽量地享受人生最大的好处。有正确的价值意识，我们对于可用的力量才能作最经济的分配，对于人生的丰富意味才能尽量榨取。人投生在这个世界里如入珠宝市，有任意采取的自由，但是货色无穷，担负的力量不过百斤。有人挑去瓦砾，有人挑去钢铁，也有人挑去珠玉，这就看他们的价值意识如何。

价值意识的应用范围极广。凡是出于意志的行为都有所抉择、有所排弃。在各种可能的途径之中择其一而弃其余，都须经过价值意识的审核。小而衣食行止，大而道德学问事功，无一能为例外。

价值通常分为真善美三种。先说真，它是科学的对象。科学的思考在大体上虽偏于别条理，却也须审分寸。它分析事物的属性，必须辨别主要的与次要的；推求事物的成因，必须辨别自然的与偶然的；归纳事例为原则，必须辨别貌似有关的与实际有关的。苹果落地是常事，只有牛顿抓住它的重要性而发明引力定律；蒸汽上腾是常事，只有瓦特抓住它的重要性而发明蒸汽机。就一般学术研究方法说，提纲挈领是一套紧要的功夫，囫囵吞枣必定是食而不化。提纲挈领需要很锐敏的价值意识。

次说美，它是艺术的对象。艺术活动通常分欣赏与创造。欣赏全是价值意识的鉴别，艺术趣味的高低全靠价值意识的强弱。趣味低，不是好坏无鉴别，就是欢喜坏的而不了解好的。趣味高，只有真正好的作品才够味，低劣作品可以使人作呕。艺术方面的爱憎有时更甚于道德方面的爱憎，行为的失检可以原谅，趣味的低劣则无可容恕。至于艺术创造更步步需要谨严的价值意识。在作品酝酿中，许多意象纷呈，许多情致泉涌，当兴高采烈时，它们好像八宝楼台，件件惊心夺目，可是实际上它们不尽经得起推敲，艺术家必能知道割爱，知道剪裁洗炼，才可披沙拣金。这是第一步。已选定的材料需要分配安排，每部分的分量有讲究，各部分的先后位置也有讲究。凡是艺术作品必有头尾和身材，必有浓淡虚实，必有着重点与陪衬点。“譬如北辰，居其所，而众星拱之。”艺术作品的意思安排也是如此。这是第二步。选择安排可以完全是胸中成竹，要把它描绘出来，传达给别人看，必藉特殊媒介，如图画用形色，文学用语言。一个意思常有几种说法，都可以说得大致不差，但是只有一种说法，可以说得最恰当妥帖。艺术家对于所用媒介必有特殊敏感，觉得大致不差的说法实在是差以毫厘，谬以千里，并且在没有碰着最恰当的说法以前，心里就安顿不下去，他必肯呕出心肝去推敲。这是第三步。在实际创造时，这三个步骤虽不必分得如此清楚，可是都不可少，而且每步都必有价值意识在鉴别审核。每个大艺术家必同时是他自己的严厉的批评者。一个人在道德方面需要良心，在艺术方面尤其需要良心。良心使艺术家不苟且敷衍，不甘落下乘。艺术上的良心就是谨严的价值意识。

再次说善，它是道德行为的对象。人性本可与为善，可与为恶，世间善人少而不善人多，可知为恶易而为善难。为善所以难者，道德行为虽根于良心，当与私欲相冲突，胜私欲需要极大的意志力。私欲引人朝抵抗力最低的路径走，而道德行为往往朝抵抗力最大的路径走。这本有几分不自然。但是世间终有人为履行道德信条而不惜牺牲一切者，即深切地感觉到善的价值。“朝闻道，夕死可矣。”孔子醇儒，向少作这样侠士气的口吻，而竟说得如此斩截者，即本于道重于生命一个价值意识。古今许多忠臣烈士宁杀身以成仁，也是有见于此。从短见的功利观点看，这种行为有些傻气。但是人之所以为人，就贵在这点傻气。说浅一点，善是一种实益，行善社会才可安宁，人生才有幸福。说深一点，善就是一种美，我们不容行为有瑕疵，犹如不容一件艺术作品有缺陷。求行为的善，即所以维持人格的完美与人性的尊严。善的本身也有价值的等差。“礼与其奢也宁俭，丧与其奢也宁戚”，重在内心不在外表。“男女授受不亲，嫂溺援之以手”，重在权变不在拘守条文。“人尽夫也，父一而已”，重在孝不在爱。忠孝不能两全时，先忠而后孝。以德报怨，即无以报德，所以圣人主以直报怨。“其父攘羊，其子证之”，为国法而伤天伦，所以圣人不取。子夏丧子失明而丧亲民无所闻，所以为曾子所呵责。孔子自己的儿子死只有棺，所以不肯卖车为颜渊买椁。齐人拒嗟来之食，义本可嘉，施者谢罪仍坚持饿死，则为太过。有无相济是正当道理，微生高乞醯以应邻人之求，不得为直。战所以杀敌制胜，宋襄公不鼓不成列，不得为仁。这些事例有极重大的，有极寻常的，都可以说明权衡轻重是道德行为中的紧要功夫。道德行为和艺术一样，都要做得恰到好处。这就是孔子所谓“中”，孟子所谓“义”。中者无过无不及，义者事之宜。要事事得其宜而无过无不及，必须有很正确的价值意识。

真善美三种价值既说明了，我们可以进一步谈人生理想。每个人都不免有一个理想，或为温饱，或为名位，或为学问，或为德行，或为事功，或为醇酒妇人，或为斗鸡走狗，所谓“从其大体者为大人，存其小体者为小人”。这种分别究竟以什么为标准呢？哲学家们都承认：人生最高目的是幸福。什么才是真正的幸福？对于这问题也各有各的见解。积学修德可被看成幸福，饱食暖衣也可被看成幸福。究竟谁是谁非呢？我们从人的观点来说，须认清人的高贵处在哪一点。很显然地，在肉体方面，人比不上许多动物，人之所以高于禽兽者在他的心灵。人如果要充分地表现他的人性，必须充实他的心灵生活。幸福是一种享受。享受者或为肉体，或为心灵。人既有肉体，即不能没有肉体的享受。我们不必如持禁欲主义的清教徒之不近人情，但是我们也须明白：肉体的享受不是人类最上的享受，而是人类与鸡豚狗彘所共有的。人类最上的享受是心灵的享受。哪些才是心灵的享受呢？就是上文所述的真善美三种价值。学问、艺术、道德几无一不是心灵的活动，人如果在这三方面达到最高的境界，同时也就达到最幸福的境界。一个人的生活是否丰富，这就是说，有无价值，就看他对于心灵或精神生活的努力和成就的大小。如果只顾衣食饱暖而对于真善美漫不感觉兴趣，他就成为一种行尸走肉了。这番道理本无深文奥义，但是说起来好像很迂阔。灵与肉的冲突本来是一个古老而不易化除的冲突。许多人因顾到肉遂忘记灵，相习成风，心灵生活便被视为怪诞无稽的事。尤其是近代人被“物质的舒适”

一个观念所迷惑，大家争着去拜财神，财神也就笼罩了一切。“哀莫大于心死”，而心死则由于价值意识的错乱。我们如想改正风气，必须改正教育，想改正教育，必须改正一般人的价值意识。

辑四

像草木虫鱼一样生活

我不在生活以外别求生活方法，不在生活以外别求生活目的。世间少我一个，多我一个，或者我时而幸运，时而受灾祸侵逼，我以为这都无伤天地之和。

慈慧殿三号

——北平杂写之一

慈慧殿并没有殿，它只是后门里一个小胡同，因西口一座小庙得名。庙中供的是什么菩萨，我在此住了三年，始终没有去探头一看，虽然路过庙门时，心里总是要费一番揣测。慈慧殿三号和这座小庙隔着三四家居户，初次来访的朋友们都疑心它是庙，至少，它给他们的是一座古庙的印象，尤其是在树没有叶的时候；在北平，只有夏天才真是春天，所以慈慧殿三号像古庙的时候是很长的。它像庙，一则是因为它荒凉，二则是因为它冷清，但是最大的类似点恐怕在它的建筑，它孤零零地兀立在破墙荒园之中，显然与一般民房不同。这三年来，我做了它的临时"住持"，到现在仍没有请书家题一个某某斋或某某馆之类的匾额来点缀，始终很固执地叫它"慈慧殿三号"，这正如有庙无佛，多一事不如省一事。

慈慧殿三号的左右邻家都有崭新的朱漆大门，它的破烂污秽的门楼居在中间，越发显得它是一个破落户的样子。一进门，右手是一个煤栈，是今年新搬来的，天晴时天井里右方隙地总是晒着煤球，有时门口停着运煤的大车以及它所应有的附属品，——黑麻布袋，黑牲口，满面涂着黑煤灰的车夫。在北方居过的人会立刻联想到一种类型的龌龊场所。一粘上煤没有不黑不脏的，你想想德胜门外，门头沟车站或是旧工厂的锅炉房，你对于慈慧殿三号的门面就可以想象得一个大概。

和煤栈对面的——仍然在慈慧殿三号疆域以内——是一个车房，所谓“车房”就是停人力车和人力车夫居住的地方。无论是停车的或是住车夫的房子照例是只有三面墙，一面露天。房子对于他们的用处只是遮风雨；至于防贼，掩盖秘密，都全是另一个阶级的需要。慈慧殿三号的门楼左手只有两间这样三面墙的房子，五六个车子占了一间；在其余的一间里，车夫，车夫的妻子和猫狗进行他们的一切活动：做饭，吃饭，睡觉，养儿子，会客谈天，等等。晚上回来，你总可以看见车夫和他的大肚子的妻子“举案齐眉”式的蹬在地上用晚饭，房东的看门的老太婆捧着长烟杆，闭着眼睛，坐在旁边吸旱烟。有时他们围着那位精明强干的车夫听他演说时事或故事。虽无瓜架豆棚，却是乡村式的太平岁月。

这些都在二道门以外。进二道门一直望进去是一座高大而空阔的四合房子。里面整年地鸦雀无声，原因是唯一的男主人天天是夜出早归，白天里是他的高卧时间；其余尽是妇道之家，都挤在最后一进房子，让前面的房子空着。房子里面从

“御赐”的屏风到四足不全的椅凳都已逐渐典卖干净，连这座空房子也已经抵押了超过卖价的债项。这里面七八口之家怎样撑持他们的槁木死灰的生命是谁也猜不出来的疑案。在三十年以前他们是声威煊赫的“皇代子”，杀人不用偿命的。我和他们整年无交涉，除非是他们的“大爷”偶尔拿一部宋拓圣教序或是一块端砚来向我换一点烟资，他们的小姐们每年照例到我的园子里来两次，春天来摘一次丁香花，秋天来打一次枣子。

煤栈，车房，破落户的旗人，北平的本地风光算是应有尽有了。我所住持的“庙”原来和这几家共一个大门出入，和它们公用“慈慧殿三号”的门牌，不过在事实上是和他们隔开来的。进二道门之后向右转，当头就是一道隔墙。进这隔墙的门才是我所特指的“慈慧殿三号”。本来这园子的几十丈左右长的围墙随处可以打一个孔，开一个独立的门户。有些朋友们嫌大门口太不像样子，常劝我这样办，但是我始终没有听从，因为我舍不得煤栈车房所给我的那一点劳动生活的景象，舍不得进门时那一点曲折和跨进园子时那一点突然惊讶。如果自营一个独立门户，这几个美点就全毁了。

从煤栈车房转弯走进隔墙的门，你不能不感到一种突然惊讶。如果是早晨的话，你会立刻想到“清晨入古寺，初日照高林。曲径通幽处，禅房花木深”几句诗恰好配用在这里的。百年以上的老树到处都可爱，尤其是在城市里成林；什么种类都可爱，尤其是松柏和楸。这里没有一棵松树，我有时不免埋怨百年以前经营这个园子的主人太疏忽。柏树也只有一棵大的，但是它确实是大，而且一走进隔墙门就是它，它的浓阴布满了一个小院子，还分润到三间厢房。柏树以外，最多的是枣树，最稀奇的是楸树。北平城里人家有三棵两棵楸树的便视为珍宝。这里的楸树一数就可以数上十来棵，沿后院东墙脚的一排七棵俨然形成一段天然的墙。我到北平以后才见识楸树，一见就欢喜它。它在树木中间是神仙中间的铁拐李，《庄子》所说的“大本臃肿而不中绳墨，小枝卷曲而不中规矩”，拿来形容楸似乎比形容樗更恰当。最奇怪的是这臃肿卷曲的老树到春天来会开类似牵牛的白花，到夏天来会放类似桑榆的碧绿的嫩叶。这园子里树木本来很杂乱，大的小的，高的低的，不伦不类地混在一起；但是这十来棵楸树在杂乱中辟出一个头绪来，替园子注定一个很明显的个性。

我不是能雇用园丁的阶级中人，要说自己动手拿锄头喷壶吧，一时兴到，容或暂以此为消遣，但是“一日曝之，十日寒之”，究竟无济于事，所以园子终年是荒着的。一到夏天来，狗尾草，蒿子，前几年枣核落下地所长生的小树，以及许多只有植物学家才能辨别的草都长得有腰深。偶尔栽几棵丝瓜，玉蜀黍，以及西红柿之类的蔬菜，到后来都没在草里看不见。我自己特别挖过一片地，种了几棵芍药，两年没有开过一朵花。所以园子里所有的草木花都是自生自长用不着人经营的。秋天栽菊花比较成功，因为那时节没有多少乱草和它作剧烈的“生存竞争”。这一年以来，厨子稍分余暇来做“开荒”的工作，但是乱草总是比他勤快，随拔随长，日夜不息。如果任我自己的脾胃，我觉得对于园子还是取绝对的放任主义较好。我的理由并不像浪漫时代诗人们所怀想的，并不是要找一个荒凉凄惨的境界来配合一种可笑的伤感。我欢喜一切生物和无生物尽量地维持它们的本来面目，我欢喜自然的粗率和芜乱，所以我始终不能真正地欣赏一个很整齐有序，路像棋盘，长青树剪成几何形体的园子，这正如我不喜欢赵子昂的字，仇英的画，或是一个中年妇女的油头粉面。我不要求房东把后院三间有顶无墙的破屋拆去或修理好，也是因为这个缘故。它要倒塌，就随它自己倒塌去；它一日不倒塌，我一日尊重它的生存权。

园子里没有什么家畜动物。三年前宗岱和我合住的时节，他在北海里捉得一只刺猬回来放在园子里养着。后来它在夜里常作怪声气，惹得老妈见神见鬼。近来它穿墙迁到邻家去了，朋友送了一只小猫来，算是补了它的缺。鸟雀儿北方本来就不多，但是因为几十棵老树的招邀，北方所有的鸟雀儿这里也算应有尽有。长年的顾客要算老鸹。它大概是乌鸦的别名，不过我没有下过考证。在南方它是不祥之鸟，在北方听说它有什么神话传说保护它，所以它虽然那样地“语言无味，面目可憎”，却没有人肯剿灭它。它在鸟类中大概是最爱叫苦爱吵嘴的。你整年都听它在叫，但是永远听不出一点叫声是表现它对于生命的欣悦。在天要亮未亮的时候，它叫得特别起劲，它仿佛拼命地不让你享受香甜的晨睡，你不醒，它也引你做惊惧梦。我初来时曾买了弓弹去射它，后来弓坏了，弹完了，也就只得向它投降。反正披衣冒冷风起来驱逐它，你也还是不能睡早觉。老鸹之外，麻雀甚多，无可记载。秋冬之季常有一种颜色极漂亮的鸟雀成群飞来，形状很类似画眉，不过不会歌唱。宗岱在此时硬说它来有喜兆，相信它和他请铁板神算家所批的八字都预兆他的婚姻恋爱的成功，但是他的讼事终于是败诉，他所追求的人终于是高飞远扬。他搬走以后，这奇怪的鸟雀到了节令仍旧成群飞来。鉴于往事，我也就不肯多存奢望了。

有一位朋友的太太说慈慧殿三号颇类似《聊斋志异》中所常见的故家第宅，“旷废无居人，久之蓬蒿渐满，双扉常闭，白昼亦无敢入者……”但是如果有一位好奇的书生在月夜里探头进去一看，会瞟见一位散花天女，嫣然微笑，叫他“不觉神摇意夺”，如此等情。我本凡胎，无此缘分，但是有一件“异”事也颇堪一“志”。有一天晚上，我躺在沙发上看书，凌坐在对面的沙发上共着一盏灯做针线，一切都沉在寂静里，猛然间听见一位穿革履的女人滴滴搭搭地从外面走廊的砖地上一步一步地走进来。我听见了，她也听见了，都猜着这是沉樱来了，——她有时踏这种步声走进来。我走到门前掀帘子去迎她，声音却没有了，什么也没有看见。后来再四推测所得的解释是街上行人的步声，因为夜静，虽然是很远，听起来就好像近在咫尺。这究竟很奇怪，因为我们坐的地方是在一个很空旷的园子里，离街很远，平时在房子里绝对听不见街上行人的步声，而且那次听见步声分明是在走廊的砖地上。这件事常存在我的心里，我仿佛得到一种启示，觉得我在这城市中所听到的一切声音都像那一夜所听到的步声，听起来那么近，而实在却又那么远。

后门大街

——北平杂写之二

人生第一乐趣是朋友的契合。假如你有一个情趣相投的朋友居在邻近，风晨雨夕，彼此用不着走许多路就可以见面，一见面就可以毫无拘束地闲谈，而且一谈就可以谈出心事来，你不嫌他有一点怪脾气，他也不嫌你迟钝迂腐，像约翰逊和鲍斯韦尔在一块儿似的，那你就没有理由埋怨你的星宿。这种幸福永远使我可望而不可攀。第一，我生性不会谈话，和一个朋友在一块儿坐不到半点钟，就有些心虚胆怯，刻刻意识到我的呆板干枯叫对方感到乏味。谁高兴向一个只会说“是的”，“那也未见得”之类无谓语的人溜嗓子呢？其次，真正亲切的朋友都要结在幼年，人过三十，都不免不由自主地染上一些世故气，很难结交真正情趣相投的朋友。“相识满天下，知心能几人？”虽是两句平凡语，却是慨乎言之。因此，我唯一的解闷的方法就只有逛后门大街。

居过北平的人都知道北平的街道像棋盘线似的依照对称

原则排列。有东四牌楼就有西四牌楼，有天安门大街就有地安门大街。北平的精华可以说全在天安门大街。它的宽大，整洁，辉煌，立刻就会使你觉到它象征一个古国古城的伟大雍容的气象。地安门（后门）大街恰好给它做一个强烈的反衬。它偏僻，阴暗，湫隘，局促，没有一点可以叫一个初来的游人留恋。我住在地安门里的慈慧殿，要出去闲逛，就只有这条街最就便。我无论是阴晴冷热，无日不出门闲逛，一出门就很机械地走到后门大街。它对于我好比一个朋友，虽是平凡无奇，因为天天见面，很熟习，也就变成很亲切了。

从慈慧殿到北海后门比到后门大街也只远几百步路。出后门，一直向北走就是后门大街，向西转稍走几百步路就是北海。后门大街我无日不走，北海则从老友徐中舒随中央研究院南迁以后（他原先住在北海），我每周至多只去一次。这并非北海对于我没有意味，我相信北海比我所见过的一切园子都好，但是北海对于我终于是一种奢侈，好比乡下姑娘的唯一的一件漂亮衣，不轻易从箱底翻出来穿一穿的。有时我本预备去北海，但是一走到后门，就变了心眼，一直朝北去走大街，不向西转那一个弯。到北海要买门票，花二十枚铜子是小事，免不着那一层手续，究竟是一种麻烦；走后门大街可以长驱直入，没有站岗的向你伸手索票，打断你的幻想。这是第一个分别。在北海逛的是时髦人物，个个是衣裳楚楚，油头滑面的。你头发没有梳，胡子没有光，鞋子也没有换一双干净的，

“囚首垢面而谈诗书”，已经是大不韪，何况逛公园？后门大街上走的尽是贩夫走卒，没有人嫌你怪相，你可以彻底地“随便”。这是第二个分别。逛北海，走到“仿膳”或是“漪澜堂”的门前，你不免想抬头看看那些喝茶的中间有你的熟人没有，但是你又怕打招呼，怕那里有你的熟人，故意地低着头匆匆地走过去，像做了什么坏事似的。在后门大街上你准碰不见一个熟人，虽然常见到彼此未通过姓名的熟面孔，也各行其便，用不着打无味的招呼。你可以尽量地饱尝着“匿名者”（incognito）的心中一点自由而诡秘的意味。这是第三个分别。因为这些缘故，我老是牺牲北海的朱梁画栋和香荷绿柳而独行踽踽于后门大街。

到后门大街我很少空手回来。它虽然是破烂，虽然没有半里路长，却有十几家古玩铺，一家旧书店。这一点点缀可以见出后门大街也曾经过一个繁华时代，阅历过一些沧桑岁月，后门旧为旗人区域，旗人破落了，后门也就随之破落。但是那些破落户的破铜破铁还不断地送到后门的古玩铺和荒货摊。这些东西本来没有多少值得收藏的，但是偶尔遇到一两件，实在比隆福寺和厂甸的便宜。我花过四块钱买了一部明初拓本《史晨碑》，六块钱买了二十几锭乾隆御墨，两块钱买了两把七星双刀，有时候花几毛钱买一个磁瓶，一张旧纸，或是一个香炉。这些小东西本无足贵，但是到手时那一阵高兴实在是很值得追求。我从前在乡下时学过钓鱼，常蹲半天看不见浮标幌影子，偶然钓起来一个寸长的小鱼，虽明知其不满一咽，心里却非常愉快，我究竟是钓得了，没有落空。我在后门大街逛古董铺和荒货摊，心情正如钓鱼。鱼是小事，钓着和期待着有趣，钓得到什么，自然更是有趣。许多古玩铺和旧书店的老板都和我由熟识而成好朋友。过他们的门前，我的脚不由自主地踏进去。进去了，看了半天，件件东西都还是昨天所见过的。我自己觉得翻了半天还是空手走，有些对不起主人；主人也觉得没有什么新东西可以卖给我，心里有些歉然。但是这一点不尴尬，并不能妨碍我和主人的好感，到明天，我的脚还是照旧地不由自主地踏进他的门，他也依旧打起那副笑面孔接待我。

后门大街龌龊，是毋庸讳言的。就目前说，它虽不是贫民窟，一切却是十足的平民化。平民的最基本的需要是吃，后门大街上许多活动都是根据这个基本需要而在那里川流不息地进行。假如你是一个外来人在后门大街走过一趟之后，坐下来搜求你的心影，除着破铜破铁破衣破鞋之外，就只有青葱大蒜，油条烧饼，和卤肉肥肠，一些油腻腻灰灰土土的七三八四和苍蝇骆驼混在一堆在你的昏眩的眼帘前幌影子。如果你回想你所见到的行人，他不是站在锅炉旁嚼烧饼的洋车夫，就是坐在扁担上看守大蒜咸鱼的小贩。那里所有的颜色和气味都是很强烈的。这些混乱而又秽浊的景象有如陈年牛酪和臭豆腐乳，在初次接触时自然不免惹起你的嫌恶；但是如果你尝惯了它的滋味，它对于你却有一种不可抵御的引诱。

别说后门大街平凡，它有的是生命和变化！只要你有好奇心，肯乱窜，在这不满半里路长的街上和附近，你准可以不断地发见新世界。我逛过一年以上，才发见路西一个夹道里有一家茶馆。花三大枚的水钱，你可以在那儿坐一晚，听一部《济公传》或是《长坂坡》。至于火神庙里那位老拳师变成我的师傅，还是最近的事。你如果有幽默的癖性，你随时可以在那里寻到有趣的消遣。有一天晚上我坐在一家旧书铺里，从外面进来一个跛子，向店主人说了关于他的生平一篇可怜的故事，讨了一个铜子出去，我觉得这人奇怪，就起来跟在他后面走，看他跛进了十几家店铺之后，腿子猛然直起来，踏着很平稳安闲的大步，唱“我好比南来雁”，沉没到一个阴暗的夹道里去了。在这个世界里的人们，无论他们的生活是复杂或简单，关于谁你能够说，“我真正明白他的底细”呢？

一到了上灯时候，尤其在夏天，后门大街就在它的古老躯干之上尽量地炫耀近代文明。理发馆和航空奖券经理所的门前悬着一排又一排的百支烛光的电灯，照像馆的玻璃窗里所陈设的时装少女和京戏名角的照片也越发显得光彩夺目。家家洋货铺门上都张着无线电的大口喇叭，放送京戏鼓书相声和说不尽的许多其他热闹玩艺。这时候后门大街就变成人山人海，左也是人，右也是人，各种各样的人。少奶奶牵着她的花簇簇的小儿女，羊肉店的老板扑着他的芭蕉叶，白衫黑裙和翻领卷袖的学生们抱着膀子或是靠着电线杆，泥瓦匠坐在阶石上敲去旱烟筒里的灰，大家都一齐心领神会似的在听，在看，在发呆。在这种时会，后门大街上准有我；在这种时会，我丢开几十年教育和几千年文化在我身上所加的重压，自自在在地沉没在贤愚一体，皂白不分的人群中，尽量地满足牛要跟牛在一块，蚂蚁要跟蚂蚁在一块那一种原始的要求。我觉得自己是这一大群人中的一个人，我在我自己的心腔血管中感觉到这一大群人的脉搏的跳动。

后门大街，对于一个怕周旋而又不甘寂寞的人，你是多么亲切的一个朋友！

花　会

紫陌红尘拂面来，无人不道看花回。

——刘禹锡

成都整年难得见太阳，全城的人天天都埋在阴霾里，像古井阑的苔藓，他们浑身染着地方色彩，浸润阴幽，沉寂，永远在薄雾浓云里度过他们的悠悠岁月。他们好闲，却并不甘寂寞，吃饭，喝茶，逛街，看戏，都向人多的处所挤。挤来挤去，左右不过是那几个地方。早上坐少城公园的茶馆，晚上逛春熙路，西东大街以及满街挂着牛肉的皇城坝，你会想到成都人没有在家里坐着的习惯，有闲空总得出门，有热闹总得挨凑进去。成都人的生活可以说是“户外的”，但是同时也是“城里的”。翻来覆去，总跳不出这个城圈子。五十万的人口，几十方里的面积，形成一种大规模的蜂巢蚁穴。所以表面看来，车如流水马如龙，无处不是骚动，而实际上这种骚动只是蛰伏式的蠕动，像成都一位老作家所说的“死水微澜”。

花会时节是成都人的惊蛰期。举行花会的地方是西门外的青羊宫。这座大道观据说是从唐朝遗留下来的。花会起于何朝何代，尚待考据家去推断，大概来源也很早。成都的天气是著名的阴沉，但在阳春三月，风光却特别明媚。春来得迟，一来了，气候就猛然由温暖而热燥，所以在其他地带分季开放的花卉在成都却连班出现。梅花茶花没有谢，接着就是桃杏，桃杏没有谢，接着就是木槿建兰芍药。在三月里你可以同时见到冬春夏三季的花。自然，最普遍的花要算菜花。成都大平原纵横有五六百里路之广。三月间登高一望，视线所能达到的地方尽是菜花麦苗，金黄一片，杂以油绿，委实是一种大观。在太阳之下，花光草色如怒火放焰，闪闪浮动，固然显出山河浩荡生气蓬勃的景象，有时春阴四布，小风薄云，苗青鹊静，亦别有一番清幽情致。这时候成都人，无论是男女老少，便成群结队地出城游春了。

游春自然是赶花会。花会之名并不副实。陈列各种时花的地方是庙东南一个偏僻的角落。所陈列的不过是一些普通花卉，并无名品，据说今年花会未经政府提倡，没有往年的热闹，外县以及本城的名园都没有把他们的珍品送来。无论如何，到花会来的人重要目的并不在看花而在凑热闹看人。成都人究竟是成都人，丢不开那古老城市的风俗习惯。花会场所还是成都城市的具体而微。古董摊和书画摊是成都搬来的会府和西玉龙街，铜铁摊是成都搬来的东御街，著名的吴抄手在此有临时分店，临时茶馆菜馆面馆更简直都还是成都城里的那种气派。每个菜馆后面差不多都有个篾篷，一个大篾箱似的东西只留着一个方孔做门，门上挂着大红布帘。里面锣鼓喧聒，川戏，相声，洋琴，大鼓，杂耍，应有尽有。纵横不过一里的地方，除着成都城里所有的形形色色之外，还有乡下人摆的竹器木器花根谷种以至于锄头菜刀水桶烟杆之类。地方小，花样多，所以挤，所以热闹。大家来此，吃，喝，买，卖，“耍”，看，城里人来看乡下人，乡下人来看城里人，男的来看女的，女的来看男的。好一幅仇十洲的《清明上河图》，虽然它所表现的不尽是太平盛世的攘往熙来的盛况。

除掉几条繁盛街道之外，成都在大体上还保存着古代城市的原始风味。舶来品尽管在电光闪烁之下惊心夺目，在幽暗僻静的街道里，铜铁匠还是用钉锤锻生铜制锅制水烟袋，织工们还是在竹框撑紧的蜀锦上一针一线地绣花绣鸟。所有的道地的工商业都还是手工品的工商业。他们的制法和用法都有很长久的传统做基础。要是为实用的，它们必定是坚实耐久；要是为玩耍的，它们必定是精细雅致。一个水桶的提手横木可以粗得像屋梁，一茎狗尾草叶可以编成口眼脚翅全具的蚱蜢或蜻蜓。只要你还保存有几分稚气，花会中所陈列的这些大大小小的物品件件都很可以使你流连。假如你像我的话，有一个好玩的小孩子，你可注意的东西就更多，风车，泥人，木马，小花篮，以及许多形形色色的小玩具都可以使你自慰不虚此行。此外，成都人古董书画之癖在花会里也可以略窥一二。老君堂的里外前后的墙壁都挂满着字画，台阶上都摆满着碑帖。自然，像一般的中国人，成都人也很会制造假古董，也很喜欢买假古董。花会之盛，这也是一个原因。

花会之盛还另有一个原因，就是在一般人心理中，青羊宫里所供奉的那位李老君是神通广大的道教祖。青羊者据说是李老君西升后到成都显圣所骑的牲畜。后人纪念这个圣迹，立祠奉祀。于今青羊宫正殿里还有两头青铜铸成的羊子，一牝一牡，牝左牡右。单讲这两匹羊的形样，委实是值得称赞的艺术品。到花会的人少不得都要摸一摸这两匹羊。据说有病的人摸它们一摸，病就会自然痊愈。摸的地方也有讲究，头病摸头脚病摸脚，错乱不得。古往今来病头病脚以及病非头非脚的地方者大概不少，所以于今这两匹羊周身被摸得精光。羊尚如此，老君本人可知，于是老君堂上满挂着前朝巡抚提督现代省长督军亲书或请人代书的匾额。金光四耀，煞是妙相庄严，到此不由人不肃然起敬，何况青羊宫门坎之高打破任何记录！祈财，祈子，祈福，祈寿，祈官，都得爬过这高门坎向老君进香。爬这高门坎的身手不同，奇态便不免百出。七八十岁的老太太须得放下拐杖，用双手伏在门坎上，然后徐徐把双脚迈过去。至于摩登小姐也有提起旗袍叉口，一大步就迈过去的。大殿上很整秩地摆着一列又一列的棕制蒲团。跪在蒲团上捧香默祷的有乡下老，有达官富商，也有脚踏高跟皮鞋襟口挂着自来水笔的摩登小姐，如上文所云一大步就迈进门户坎的。在这里新旧两代携手言欢，各表心愿。香炉之旁，例有钱桶。花会时钱桶易满。站在香炉旁烧香的道士此时特别显得油光滑面，喜笑颜开。“临邛道士鸿都客，能以精诚致魂魄”，此风至今未泯也。

成都素有小北平之称。熟习北平的人看到花会自然联想到厂甸的庙会，它们都是交易，宗教，游玩打成一片的。单就陈列品说，厂甸较为丰富精美，但是就天时与地利说，成都花会赶春天在乡村举行，实在占不少的便宜。逛花会不尽是可以凑热闹，买玩艺儿，祈财求子，还可以趁风和日暖的时候吐一吐城市的秽浊空气，有如古人的修禊，青羊宫本身固然也不很清洁，那里人山人海中的空气也不见得清新。可是花会逛过了，沿着城西郊马路回城，或是刚出城时沿着城西郊赴花会，平畴在望，清风徐来，路右边一阵又一阵的男男女女带着希望去，左边一阵又一阵的男男女女提着风车或是竹篮回来，真所谓“无边光景一时新”，你纵是老年人，也会觉得年轻十岁了。人过中年，难得常有这样少年的兴致。让我赞美这成都花会啊！

丰子恺先生的人品和画品

——为嘉定丰子恺画展作

当代画家中，我认识丰子恺先生最早，也最清楚。说起来已是二十年前的事了。那时候他和我都在上虞白马湖春晖中学教书。他在湖边盖了一座极简单而亦极整洁的平屋。同事夏丏尊朱佩弦刘薰宇诸人和我都和子恺是吃酒谈天的朋友，常在一块聚会。我们吃酒如吃茶，慢斟细酌，不慌不闹，各人到量尽为止，止则谈的谈，笑的笑，静听的静听。酒后见真情，诸人各有胜概，我最喜欢子恺那一副面红耳热，雍容恬静，一团和气的风度。后来我们都离开白马湖，在上海同办立达学园。大家挤住在一条僻窄而又不大干净的小巷里。学校初办，我们奔走筹备，都显得很忙碌，子恺仍是那副雍容恬静的样子，而事情却不比旁人做得少。虽然由山林搬到城市，生活比较紧张而窘迫，我们还保持着嚼豆腐干花生米吃酒的习惯。我们大半都爱好文艺，可是很少拿它来在嘴上谈。酒后有时子恺高兴起来了，就拈一张纸作几笔漫画，画后自己木刻，画和刻都在片时中完成，我们传看，心中各自欢喜，也不多加评语。有时我们中间有人写成一篇文章，也是如此。这样地我们在友谊中领取乐趣，在文艺中领取乐趣。

当时的朋友中浙江人居多，那一批浙江朋友们都有一股清气，即日常生活也别有一般趣味，却不像普通文人风雅相高。子恺于“清”字之外又加上一个“和”字。他的儿女环坐一室，时有憨态，他见着居然微笑；他自己画成一幅画，刻成一块木刻，拿着看看，欣然微笑；在人生世相中他偶然遇见一件有趣的事，他也还是欣然微笑。他老是那样浑然本色，无忧无嗔，无世故气，亦无矜持气。黄山谷尝称周茂叔“胸中洒落如光风霁月”，我的朋友中只有子恺庶几有这种气象。

当时一般朋友中有一个不常现身而人人都感到他的影响的——弘一法师。他是子恺的先生。在许多地方，子恺得益于这位老师的都很大。他的音乐图画文学书法的趣味，他的品格风采，都颇近于弘一。在我初认识他时，他就已随弘一信持佛法。不过他始终没有出家，他不忍离开他的家庭。他通常吃素，不过作客时怕给人家麻烦，也随人吃肉边菜。他的言动举止都自然圆融，毫无拘束勉强。我认为他是一个真正能了解佛家精神的。他的性情向来深挚，待人无论尊卑大小，一律蔼然可亲，也偶露侠义风味。弘一法师近来圆寂，他不远千里，亲自到嘉定来，请马蠲叟先生替他老师作传。即此一端，可以见他对于师友情谊的深厚。

我对于子恺的人品说这么多的话，因为要了解他的画品，必先了解他的人品。一个人须先是一个艺术家，才能创造真正的艺术。子恺从顶至踵是一个艺术家，他的胸襟，他的言动笑貌，全都是艺术的。他的作品有一点与时下一般画家不同的，就在他有至性深情的流露。子恺本来习过西画，在中国他最早作木刻，这两点对于他的作风都有显著的影响。但是这些只是浮面的形相，他的基本精神还是中国的，或者说，东方的。我知道他尝玩味前人诗词，但是我不尝看见他临摹中国旧画。他的底本大半是实际人生一片段，他看得准，察觉其中情趣，立时铺纸挥毫，一挥而就。他的题材变化极多，可是每一幅都有一点令人永久不忘的东西。我二十年前看过他的一些画稿——例如“指冷玉笙寒”，“月上柳梢头”，“花生米不满足”，“病车”之类，到于今脑里还有很清晰的印象，而我素来是一个健忘的人。他的画里有诗意，有谐趣，有悲天悯人的意味；它有时使你悠然物外，有时使你置身市尘，也有时使你啼笑皆非，肃然起敬。他的人物装饰都是现代的，没有模拟古画仅得其形似的呆板气；可是他的境界与粗劣的现实始终维持着适当的距离。他的画极家常，造境着笔都不求奇特古怪，却于平实中寓深永之致。他的画就像他的人。

书画在中国本有同源之说。子恺在书法上曾经下过很久的工夫。他近来告诉我，他在习章草，每遇在画方面长进停滞时，他便写字，写了一些时候之后，再丢开来作画，发见画就有长进。讲书法的人都知道笔力须经过一番艰苦的训练才能沉着稳重，墨才能入纸，字挂起来看时才显得生动而坚实，虽像是龙飞凤舞，却仍能站得稳。画也是如此。时下一般画家的毛病就在墨不入纸，画挂起来看时，好像是飘浮在纸上，没有生根；他们自以为超逸空灵，其实是画家所谓“败笔”，像患虚症的人的浮脉，是生命力微弱的征候。我们常感觉近代画的意味太薄，这也是一个原因。子恺的画却没有这种毛病。他用笔尽管疾如飘风，而笔笔稳重沉着，像箭头钉入坚石似的。在这方面，我想他得力于他的性格，他的木刻训练和他在书法上所下的功夫。

我在《春天》里所见到的
——鲍蒂切利杰作《春天》之欣赏

这幅画通常叫做《春天》，伯冉生（Berenson）在《佛罗伦萨画家论》里引作《爱神的国度》，似乎比较恰当些，画的趣味中心很显然地在爱神，从构图看，她不但站在中心，而且站的水平线也比旁人都高一层，旁人背后都是橘树，只有她背后是一座杂树丛生的土丘，土丘四围有一半圆形的空隙，好像是一道光圈围着她的头。因此，她的头部在全部光线的焦点；同时，因为土丘阴影的反衬，她的面部越显得光亮。在她头上飞着的库比德也容易把视线引到她的方向去。其次，就情感方面说，她是图中最严肃的一位。只有她一个人衣冠最整齐，最规矩；只有她一个人有孑然独立，与众不即不离的神情。她低着头，伸起右手，眼睛向着她自己的心里看，仿佛猛然听到一种玄奥的启示，举手表示惊奇，同时，告戒人肃静无哗，细心体会一下启示的意蕴。

就全图说，它表现一个游舞队，运动的方向她是由右而左。开路先锋是水星神，左手支腰，右手高举，指着空中一个让我们猜测的什么东西，视线很沉着地望着所指的方向。这一点不可捉摸的意蕴令我们想象到此外还有一个更高远的世界。意大利画家向来是斩钉断铁地明显，像这幅画的神秘色彩是不多见的。水星神之后接着就是“三美神”。就意象说，就画法说，她们都是很古典的。像她们的衣裳，她们整个地是透明的，轻盈的，幽闲的。手牵着手，面对着面，她们在爱神面前，像举行宗教仪式似的缓步舞蹈。库比德的箭就向她们瞄准。她们的心被射穿了没有呢？看她们的目光，看她们的面容，爱固然在那里，镇定幽闲固然在那里，但是闲愁幽怨似乎也在那里。女性美和爱的心情原来是富于矛盾性的，谁能够彻底地窥透此中消息呢？

从爱神前面移到爱神后面，我们仿佛从古典世界搬家到浪漫世界。在前面我们觉到仙境的超脱，在后面我们又回到人间的执著了。穿花衣的和几乎裸体的女子究竟谁象征春神，谁象征花神，学者的意见不一致。最后的男孩象征西风则几成定论。把穿花衣的看作春神似乎比较合理。花神被冷酷的西风两手揪住，一方面回头向残暴者瞪着惊慌的眼求饶，一方面用双手揪住春神求卫护。这是一场剧烈的挣扎。线条的运动，颜面的表情，服装的颜色都表现出一种狂放不可节制的生气在那里动荡。不说别的，连这右角的树干也是挛屈的，不像左边的树那样鸦风鹊静地挺立着。这里我们觉到很浓厚的浪漫风味，和右边的静穆的古典风味成一个很鲜明的反衬。

这幅画向来被看作“寓言”。它的寓意究竟是什么呢？老实说，我想来想去，不能把全图的九个似相关似不相关的人物联串成一个整体。我有两个疑点：第一，我不明瞭爱神前面的水星神和三美神在图中有何意义；第二，我怀疑春神和花神近于重复。我看到这幅画就联想到画在Camposanto壁上的另一幅意大利画。那幅画是“死的胜利”，这幅画不可以叫做“生的胜利”么？天神的信使——水星神——领导生命的最珍贵的美、春、爱向无终的大路上迈步前进，虽然生命的仇敌——西风——在后面追捕，他们仍旧是勇往直前。这是不是这幅画的寓意呢？

把寓意丢开，专从画本身说，一切都是很容易了解的。爱神是中心，左右人物各形成一组。如果春神组是主体，三美神组在构图上是必有的陪衬，春神和花神在意义上或近于重复，在构图上却似缺一不可，一则浓装与半裸成反衬，一则右边多一形体，和左边相对称，不至嫌轻重悬殊。依我想，鲍蒂切利不是一个文人画家，构图的匀称和谐，在他的心中也许比各部意义的贯串还更为重要。我们看这幅画似乎也应着重它在第一眼所显现出来的运动的节奏和构造的和谐。意义固然也很重要，但是要放在第二层。我所见到的偏重意义和情调方面，因为我既然要忠实地写自己的感想，就不应该勉强把我素来以看诗法去看画的心习丢开。我对于这幅画所特别爱好的是那一幅内热而外冷，内狂放而外收敛的风味。在生气蓬勃的春天，在欢欣鼓舞的随着生命的狂澜动荡中，仍能保持几分沉思默玩的冷静，在人生，在艺术，这都是一个极大的成就。

谈人生与我

朋友：

我写了许多信，还没有郑重其事地谈到人生问题，这是一则因为这个问题实在谈滥了，一则也因为我看这个问题并不如一般人看得那样重要。在这最后一封信里我所以提出这个滥题来讨论者，并不是要说出什么一番大道理，不过把我自己平时几种对于人生的态度随便拿来做一次谈料。

我有两种看待人生的方法。在第一种方法里，我把我自己摆在前台，和世界一切人和物在一块玩把戏；在第二种方法里，我把我自己摆在后台，袖手看旁人在那儿装腔作势。

站在前台时，我把我自己看得和旁人一样，不但和旁人一样，并且和鸟兽虫鱼诸物也都一样。人类比其他物类痛苦，就因为人类把自己看得比其他物类重要。人类中有一部分人比其余的人苦痛，就因为这一部分人把自己比其余的人看得重要。比方穿衣吃饭是多么简单的事，然而在这个世界里居然成为一个极重要的问题，就因为有一部分人要亏人自肥。再比方生死，这又是多么简单的事，无量数人和无量数物都已生过来死过去了。一个小虫让车轮压死了，或者一朵鲜花让狂风吹落了，在虫和花自己都决不值得计较或留恋，而在人类则生老病死以后偏要加上一个苦字。这无非是因为人们希望造物主宰待他们自己应该比草木虫鱼特别优厚。

因为如此着想，我把自己看作草木虫鱼的侪辈，草木虫鱼在和风甘露中是那样活着，在炎暑寒冬中也还是那样活着。像庄子所说，它们“诱然皆生，而不知其所以生；同焉皆得，而不知其所以得”。它们时而戾天跃渊，欣欣向荣，时而含葩敛翅，晏然蛰处，都顺着自然所赋予的那一副本性。它们决不计较生活应该是如何，决不追究生活是为着什么，也决不埋怨上天待它们特薄，把它们供人类宰割凌虐。在它们说，生活自身就是方法，生活自身也就是目的。

从草木虫鱼的生活，我觉得一个经验。我不在生活以外别求生活方法，不在生活以外别求生活目的。世间少我一个，多我一个，或者我时而幸运，时而受灾祸侵逼，我以为这都无伤天地之和。你如果问我，人们应该如何生活才好呢？我说，就顺着自然所给的本性生活着，像草木虫鱼一样。你如果问我，人们生活在这幻变无常的世相中究竟为着什么？我说，生活就是为着生活，别无其他目的。你如果向我埋怨天公说，人生是多么苦恼呵！我说，人们并非生在这个世界来享幸福的，所以那并不算奇怪。

这并不是一种颓废的人生观。你如果说我的话带有颓废的色彩，我请你在春天到百花齐放的园子里去，看看蝴蝶飞，听听鸟儿鸣，然后再回到十字街头，仔细瞧瞧人们的面孔，你看谁是活泼，谁是颓废？请你在冬天积雪凝寒的时候，看看雪压的松树，看看站在冰上的鸥和游在水中的鱼，然后再回头看看遇苦便叫的那“万物之灵”，你以为谁比较能耐苦持恒呢？

我拿人比禽兽，有人也许目为异端邪说。其实我如果要援引“经典”，称道孔孟以辩护我的见解，也并不是难事。孔子所谓“知命”，孟子所谓“尽性”，庄子所谓“齐物”，宋儒所谓“廓然大公，物来顺应”，和希腊廊下派哲学，我都可以引申成一篇经义文，做我的护身符。然而我觉得这大可不必。我虽不把自己比旁人看得重要，我也不把自己看得比旁人分外低能，如果我的理由是理由，就不用仗先圣先贤的声威。

以上是我站在前台对于人生的态度。但是我平时很欢喜站在后台看人生。许多人把人生看作只有善恶分别的，所以他们的态度不是留恋，就是厌恶。我站在后台时把人和物也一律看待，我看西施、嫫母、秦桧、岳飞也和我看八哥、鹦鹉、甘草、黄连一样，我看匠人盖屋也和我看鸟鹊营巢、蚂蚁打洞一样，我看战争也和我看斗鸡一样，我看恋爱也和我看雄蜻蜓追雌蜻蜓一样。因此，是非善恶对我都无意义，我只觉得对着这些纷纭扰攘的人和物，好比看图画，好比看小说，件件都很有趣味。

这些有趣味的人和物之中自然也有一个分别。有些有趣味，是因为它们带有很浓厚的喜剧成分；有些有趣味，是因为它们带有很深刻的悲剧成分。

我有时看到人生的喜剧。前天遇见一个小外交官，他的上下巴都光光如也，和人说话时却常常用大拇指和食指在腮旁捻一捻，像有胡须似的。他们说这是官气，我看到这种举动比看诙谐画还更有趣味。许多年前一位同事常常很气忿的向人说："如果我是一个女子，我至少已接得一尺厚的求婚书了！"偏偏他不是女子，这已经是喜剧；何况他又麻又丑，纵然他幸而为女子，也决不会有求婚书的麻烦，而他却以此沾沾自喜，这总算得喜剧之喜剧了。这件事和英国文学家哥尔德斯密斯的一段逸事一样有趣。他有一次陪几个女子在荷兰某一个桥上散步，看见桥上行人个个都注意他同行的女子，而没有一个睬他自己，便板起面孔很气忿的说："哼，在别地方也有人这样看我咧！"如此等类的事，我天天都见得着。在闲静寂寞的时候，我把这一类的小小事件从记忆中召回来，寻思玩味，觉得比抽烟饮茶还更有味。老实说，假如这个世界中没有曹雪芹所描写的刘姥姥，没有吴敬梓所描写的严贡生，没有莫里哀所描写的达尔杜弗和阿尔巴贡，生命更不值得留恋了。我感谢刘姥姥、严贡生一流人物，更甚于我感谢钱塘的潮和匡庐的瀑。

其次，人生的悲剧尤其能使我惊心动魄；许多人因为人生多悲剧而悲观厌世，我却以为人生有价值正因其有悲剧。我在几年前做的《无言之美》里曾说明这个道理，现在引一段来：

“我们所居的世界是最完美的，就因为它是最不完美的。这话表面看去，不通已极。但是实含有至理。假如世界是完美的，人类所过的生活——比好一点，是神仙的生活，比坏一点，就是猪的生活——便呆板单调已极，因为倘若件件事都尽美尽善了，自然没有希望发生，更没有努力奋斗的必要。人生最可乐的就是活动所生的感觉，就是奋斗成功而得的快慰。世界既完美，我们如何能尝创造成功的快慰？这个世界之所以美满，就在有缺陷，就在有希望的机会，有想象的田地。换句话说，世界有缺陷，可能性才大。”

这个道理李石岑先生在《一般》三卷三号所发表的《缺陷论》里也说得很透辟。悲剧也就是人生一种缺陷。它好比洪涛巨浪，令人在平凡中见出庄严，在黑暗中见出光彩。假如荆轲真正刺中秦始皇，林黛玉真正嫁了贾宝玉，也不过闹个平凡收场，那得叫千载以后的人唏嘘赞叹？以李太白那样天才，偏要和江淹戏弄笔墨，做了一篇“反恨赋”，和“上韩荆州书”一样庸俗无味。毛声山评《琵琶记》，说他有意要做“补天石”传奇十种，把古今几件悲剧都改个快活收场，他没有实行，总算是一件幸事。人生本来要有悲剧才能算人生，你偏想把它一笔勾消，不说你勾消不去，就是勾消去了，人生反更索然寡趣。所以我无论站在前台或站在后台时，对于失败，对于罪孽，对于殃咎，都是一副冷眼看待，都是用一个热心惊赞。

朋友，我感谢你费去宝贵的时光读我的这十二封信，如果你不厌倦，将来我也许常常和你通信闲谈，现在让我暂时告别罢！

你的朋友　孟实

辑五

人生是一种广义的艺术

每个人的生命史就是他自己的作品。这种作品可以是艺术的，也可以不是艺术的，正犹如同是一种顽石，这个人能把它雕成一座伟大的雕像，而另一个人却不能使它“成器”，分别全在性分与修养。

生　命

说起来已是二十年前事了。如今我还记得清楚，因为那是我生平中一个最深刻的印象。有一年夏天，我到苏格兰西北海滨一个叫做爱约夏的地方去游历，想趁便去拜访农民诗人彭斯的草庐。那一带地方风景仿佛像日本内海而更曲折多变化。海湾伸入群山间成为无数绿水映着青山的湖。湖和山都老是那样恬静幽闲而且带着荒凉景象，几里路中不容易碰见一个村落，处处都是山，谷，树林和草坪。走到一个湖滨，我突然看见人山人海，男的女的，老的少的，穿深蓝大红衣服的，褴褛蹒跚的，蠕蠕蠢动，闹得喧天震地：原来那是一个有名的浴场。那是星期天，人们在城市里做了六天的牛马，来此过一天快活日子。他们在炫耀他们的服装，他们的嗜好，他们的皮肉，他们的欢爱，他们的文雅与村俗。像湖水的波涛汹涌一样，他们都投在生命的狂澜里，尽情享一日的欢乐。就在这么一个场合中，一位看来像是皮鞋匠的牧师在附近草坪中竖起一个讲台向寻乐的人们布道。他也吸引了一大群人。他喧嚷，群众喧嚷，湖水也喧嚷，他的话无从听清楚，只有“天国”“上帝”“忏悔”“罪孽”几个较熟的字眼偶尔可以分辨出来。那群众常是流动的，时而由湖水里爬上来看牧师，时而由牧师那里走下湖水。游泳的游泳，听道的听道，总之，都在凑热闹。

对着这场热闹，我伫立凝神一反省，心里突然起了一阵空虚寂寞的感觉，我思量到生命的问题。摆在我们面前的显然就是生命。我首先感到的是这生命太不调和。那么幽静的湖山当中有那么一大群嘈杂的人在嬉笑取乐，有如佛堂中的蚂蚁抢搬虫尸，已嫌不称；又加上两位牧师对着那些喝酒，抽烟，穿着游泳衣裸着胳膊大腿卖眼色的男男女女讲“天国”和“忏悔”，这岂不是对于生命的一个强烈的讽刺？约翰受洗者在沙漠中高呼救世主来临的消息，他的声音算是投在虚空中了。那位苏格兰牧师有什么可比的约翰？他以布道为职业，于道未必有所知见，不过剽窃一些空洞的教门中语扔到头脑空洞的人们的耳里，岂不是空虚而又空虚？推而广之，这世间一切，何尝不都是如此？比如那些游泳的人们在尽情欢乐，虽是热烈，却也很盲目，大家不过是机械地受生命的动物的要求在鼓动驱遣，太阳下去了，各自回家，沙滩又恢复它的本来的清寂，有如歌残筵散。当时我感觉空虚寂寞者在此。

但是像那一大群人一样，我也欣喜赶了一场热闹，那一天算是没有虚度，于今回想，仍觉那回事很有趣。生命像在那沙滩所表现的，有图画家所谓阴阳向背，你跳进去扮演一个角色也好，站在旁边闲望也好，应该都可以叫你兴高采烈。在那一顷刻，生命在那些人们中动荡，他们领受了生命而心满意足了，谁有权去鄙视他们，甚至于怜悯他们？厌世疾俗者一半都是妄自尊大，我惭愧我有时未能免俗。

孔子看流水，发过一个最深永的感叹，他说："逝者如斯夫，不舍昼夜！"生命本来就是流动，单就"逝"的一方面来看，不免令人想到毁灭与空虚；但是这并不是有去无来，而是去的若不去，来的就不能来；生生不息，才能念念常新。莎士比亚说生命"像一个白痴说的故事，满是声响和愤激，毫无意义"，虽是慨乎言之，却不是一句见道之语。生命是一个说故事的人，虽老是抱着那么陈腐的"母题"转，而每一顷刻中的故事却是新鲜的，自有意义的。这一顷刻中有了新鲜有意义的故事，这一顷刻中我们心满意足了，这一顷刻的生命便不能算是空虚。生命原是一顷刻接着一顷刻地实现，好在它"不舍昼夜"。算起总账来，层层实数相加，决不会等于零。人们不抓住每一顷刻在实现中的人生，而去追究过去的原因与未来的究竟，那就犹如在相加各项数目的总和之外求这笔加法的得数。追究最初因与最后果，都要走到"无穷追溯"（reductio ad infinitum）。这道理哲学家们本应知道，而爱追究最初因与最后果的偏偏是些哲学家们。这不只是不谦虚，而且是不通达。一件事物实现了，它的形相在那里，它的原因和目的也就在那里。种中有果，果中也有种，离开一棵植物无所谓种与果，离开种与果也无所谓一棵植物（像我的朋友废名先生在他的《阿赖耶识论》里所说明的）。比如说一幅画，有什么原因和目的！它现出一个新鲜完美的形相，这岂不就是它的生命，它的原因，它的目的？

且再拿这幅画来比譬生命。我们过去生活正如画一幅画，当前我们所要经心的不是这幅画画成之后会有怎样一个命运，归于永恒或是归于毁灭，而是如何把它画成一幅画，有画所应有的形相与生命。不求诸抓得住的现在而求诸渺茫不可知的未来，这正如佛经所说的身怀珠玉而向他人行乞。但是事实上许多人都在未来的永恒或毁灭上打计算。波斯大帝带着百万大军西征希腊，过赫勒斯滂海峡时，他站在将台看他的大军由船桥上源源不绝地渡过海峡，他忽然流涕向他的叔父说：“我想到人生的短促，看这样多的大军，百年之后，没有一个人还能活着，心里突然起了阵哀悯。”他的叔父回答说：“但是人生中还有更可哀的事咧，我们在世的时间虽短促，世间没有一个人，无论在这大军之内或在这大军之外，能够那样幸运，在一生中不有好几次不愿生而宁愿死。”这两人的话都各有至理，至少是能反映大多数人对于生命的观感。嫌人生短促，于是设种种方法求永恒。秦皇汉武信方士，求神仙，以及后世道家炼丹养气，都是妄想所谓“长生”。“服食求神仙，多为药所误，不如饮美酒，被服纨与素”，这本是诗人愤疾之言，但是反话大可作正话看；也许作正话看，还有更深的意蕴。说来也奇怪，许多英雄豪杰在生命的流连上都未能免俗，我因此想到曹孟德的遗嘱：

吾死之后，葬于邺之西冈上，妾与伎人皆著铜雀台，台上施六尺床，下穗帐。朝晡上酒脯粮精之属，每月朔十五，辄向帐前作伎，汝等时登台望吾西陵墓田。

他计算得真周到，可怜虫！谢朓说得好：

穗帷飘井干，樽酒若平生。
郁郁西陵树，讵闻歌吹声！

孔子毕竟是达人，他听说桓司马自为石郭，三年而不成，便说“死不如速朽之为愈也”。谈到朽与不朽问题，这话也很难说。我们固无庸计较朽与不朽，朽之中却有不朽者在。曹孟德朽了，铜雀台妓也朽了，但是他的那篇遗嘱，何逊谢朓李贺诸人的铜雀台诗，甚至于铜雀台一片瓦，于今还叫讽咏摩挲的人们欣喜赞叹。“前水复后水，古今相续流”，历史原是纳过去于现在，过去的并不完全过去。其实若就种中有果来说，未来的也并不完全未来。这现在一顷刻实在伟大到不可思议，刹那中自有终古，微尘中自有大千，而汝心中亦自有天国。这是不朽的第一义谛。

相反两极端常相交相合。人渴望长生不朽，也渴望无生速朽。我们回到波斯大帝的叔父的话：“世间没有一个人在一生中不有好几次不愿生宁愿死。”痛苦到极点想死，一切自杀者可以为证；快乐到极点也还是想死，我自己就有一两次这样经验，一次是在二十余年前一个中秋前后，我乘船到上海，夜里经过焦山，那时候大月亮正照着山上的庙和树，江里的细浪像金线在轻轻地翻滚，我一个人在甲板上走，船上原是载满了人，我不觉得有一个人，我心里那时候也有那万里无云，水月澄莹的景象，于是非常喜悦，于是突然起了脱离这个世界的愿望。另外一次也是在秋天，时间是傍晚，我在北海里的白塔顶上望北平城里的楼台烟树，望到西郊的远山，望到将要下去的红烈烈的太阳，想起李白的“西风残照，汉家陵阙”那两个名句，觉得目前的境界真是苍凉而雄伟，当时我也感觉到我不应该再留在这个世界里。我自信我的精神正常，但是这两次想死的意念真来得突兀。诗人济慈在《夜莺歌》里于欣赏一个极幽美的夜景之后，也表示过同样的愿望，他说：

Now more than ever seems it rich to die.

现在死像比任何时都较丰富。

他要趁生命最丰富的时候死，过了那良辰美景，死在一个平凡枯燥的场合里，那就死得不值得。甚至于死本身，像鸟歌和花香一样，也可成为生命中一种奢侈的享受。我两次想念到死，下意识中是否也有这种奢侈欲，我不敢断定。但是如今冷静地分析想死的心理，我敢说它和想长生的道理还是一样，都是对于生命的执著。想长生是爱着生命不肯放手，想死是怕放手轻易地让生命溜走，要死得痛快才算活得痛快，死还是为着活，为着活的时候心里一点快慰。好比贪吃的人想趁吃大鱼大肉的时候死，怕的是将来吃不到那样好的，根本还是由于他贪吃，否则将来吃不到那样好的，对于他毫不感威胁。

生命的执著属于佛家所谓“我执”，人生一切灾祸罪孽都由此起。佛家针对着人类的这个普遍的病根，倡无生，破我执，可算对症下药。但是佛家也并不曾主张灭生灭我，不曾叫人类作集体的自杀，而只叫人明白一般人所希求的和所知见的都是空幻。还不仅此，佛家在积极方面还要慈悲救世，对于生命是取护持的态度。舍身饲虎的故事显示我们为着救济他生命，须不惜牺牲己生命。我心里对此尝存一个疑惑：既证明生命空幻而还要这样护持生命是为什么呢？目前我对于佛家的了解还不够使我找出一个圆满的解答。不过我对于这生命问题倒有一个看法，这看法大体源于庄子（我不敢说它是否合于佛家的意思）。庄子尝提到生死问题，在《大宗师》篇说得尤其透辟。在这篇里他着重一个“化”字，我觉得这“化”字非常之妙。中国人称造物为“造化”，万物为“万化”。生命原就是化，就是流动与交易。整个宇宙在化，物在化，我也在化。只是化，并非毁灭。草木虫鱼在化，它们并不因此而有所忧喜，而全体宇宙也不因此而有所损益。何以我独于我的化看成世间一件大了不起的事呢？我特别看待我的化，这便是“我执”。庄子对此有一段妙喻：

今大冶铸金，金踊跃曰，“我且必为莫邪”，大冶必以为不祥之金。今一犯人之形，而曰，“人耳，人耳”，夫造化者必以为不祥之人。今一以天地为大炉，以造化为大冶，恶乎往而不可哉？成然寐，蘧然觉。

在这个比喻里，庄子破了“我执”，也解决了生死问题。人在造化手里，听他铸，听他“化”而已，强立物我分别，是为不祥。庄子所谓寐觉，是比喻生死。睡一觉醒过来，本不算一回事，生死何尝不如此？寐与觉为化，生与死也还是化。庄周梦为蝴蝶，则“栩栩然蝴蝶也”；“俄然觉，则蘧蘧然周也”；生而为人，死而化为鼠肝虫臂，都只有听之而已。在生时这个我在大化流行中有他的妙用，死后我的化形也还是如此，庄子说：

浸假而化予之左臂以为鸡，予因以求时夜；浸假而化予之右臂以为弹，予因以求鸮炙……

物质毕竟是不灭的，漫说精神。试想宇宙中有几许因素来化成我，我死后在宇宙中又化成几许事物，经过几许变化，发生几许影响，这是何等伟大而悠久，丰富而曲折的一个游历，一个冒险？这真是所谓“逍遥游”！

这种人生态度就是儒家所谓“赞天地之化育”，郭象所谓“随变任化”（见《大宗师》篇“相忘以生”句注），翻成近代语就是“顺从自然”。我不愿辩护这种态度是否为颓废的或消极的，懂得的人自会懂得，无庸以口舌争。近代人说要“征服自然”，道理也很正大。但是怎样征服？还不是要顺从自然的本性？严格地说，世间没有一件不自然的事，也没一件事能不自然。因为这个道理，全体宇宙才是一个整一融贯的有机体，大化运行才是一部和谐的交响曲，而cosmos①不是chaos②。人的最聪明的办法是与自然合拍，如草木在和风丽日中开着花叶，在严霜中枯谢，如流水行云自在运行无碍，如“鱼相与忘于江湖”。人的厄运在当着自然的大交响曲“唱翻腔”，来破坏它的和谐。执我执法，贪生想死，都是“唱翻腔”。

孔子说过：“朝闻道，夕死可矣。”人难能的是这“闻道”。我们谁不自信聪明，自以为比旁人高一着？但是谁的眼睛能跳开他那“小我”的圈子而四方八面地看一看？谁的脑

① 意为宇宙。

② 意为混乱。

筋不堆着习俗所扔下来的一些垃圾？每个人都有一个密不通风的“障”包围着他。我们的“根本惑”像佛家所说的，是“无明”。我们在这世界里大半是“盲人骑瞎马”，横冲直撞，怎能不闯祸事！所以说来说去，人生最要紧的事是“明”，是“觉”，是佛家所说的“大圆镜智”。法国人说“了解一切，就是宽恕一切”；我们可以补上一句“了解一切，就是解决一切”。生命对于我们还有问题，就因为我们对它还没有了解。既没有了解生命，我们凭什么对付生命呢？于是我想到这世间纷纷扰攘的人们。

谈　人

朋友们：

谈美，我得从人谈起，因为美是一种价值，而价值属于经济范畴，无论是使用还是交换，总离不开人这个主体。何况文艺活动，无论是创造还是欣赏、批评，同样也离不开人。

你我都是人，还不知道人是怎么回事吗？世间事物最复杂因而最难懂的莫过人，懂得人就会懂得你自己。希腊人把“懂得你自己”看作人的最高智慧。可不是吗？人不像木石只有物质，而且还有意识，有情感，有意志，总而言之，有心灵。西方还有一句古谚：“人有一半是魔鬼，一半是仙子。”魔鬼固诡诈多端，仙子也渺茫难测。

作为一种动物，人是人类学的研究对象，他经过无数亿万年才由单细胞生物发展到猿，又经过无数亿万年才由类人猿发展到人。正如人的面貌还有类人猿的遗迹，人的习性中也还保留一些兽性，即心理学家所说的“本能”。

我们这些文明人是由原始人或野蛮人演变来的，除兽性之外，也还保留着原始人的一些习性。要了解现代社会人，还须了解我们的原始祖先。所以马克思特别重视摩根的《古代社会》，把它细读过而且加过评注。恩格斯也根据古代社会的资料，写出《家庭、私有制和国家的起源》。在《自然辩证法》一书中，恩格斯还详细论述了劳动在从猿到人转变过程中的作用，谈到了人手的演变，这对研究美学是特别重要的。古代社会不仅是家庭、私有制和国家政权的摇篮，而且也是宗教、神话和艺术的发祥地。数典不能忘祖，这笔账不能不算。

从人类学和古代社会的研究来看，艺术和美是怎样起源的呢？并不是起于抽象概念，而是起于吃饭穿衣、男婚女嫁、猎获野兽、打群仗来劫掠食物和女俘以及劳动生产之类日常生活实践中极平凡卑微的事物。中国的儒家有一句老话：“食、色，性也。”“食”就是保持个体生命的经济基础，“色”就是绵延种族生命的男女配合。艺术和美也最先见于食色。汉文“美”字就起于羊羹的味道，中外文都把“趣味”来指“审美力”。原始民族很早就很讲究美，从事艺术活动。他们用发亮耀眼的颜料把身体涂得漆黑或绯红，唱歌作乐和跳舞来吸引情侣，或庆祝狩猎、战争的胜利。关于这些，谷鲁斯（K.Groos）在《艺术起源》里讲得很详细，较易得到的普列汉诺夫的《没有地址的信》也可以参看。

在近代，人是心理学的主要研究对象。一个活人时时刻刻要和外界事物（自然和社会）打交道，这就是生活。生活是人从实践到认识，又从认识到实践的不断反复流转的发展过程。为着生活的需要，人在不断地改造自然和社会，同时也在不断地改造自己。心理学把这种复杂过程简化为刺激到反应往而复返的循环弧。外界事物刺激人的各种感觉神经，把映象传到脑神经中枢，在脑里引起对对象的初步感性认识，激发了伏根很深的本能和情感（如快感和痛感以及较复杂的情绪和情操），发动了采取行动来应付当前局面的思考和意志，于是脑中枢把感觉神经拨转到运动神经，把这意志转达到相应的运动器官，如手足肩背之类，使它实现为行动。哲学和心理学一向把这整个运动分为知（认识）、情（情感）和意（意志）这三种活动，大体上是正确的。

心理学在近代已成为一种自然科学，在过去是附属于哲学的。过去哲学家主要是意识形态制造者，他们大半只看重认识而轻视实践，偏重感觉神经到脑中枢那一环而忽视脑中枢到运动神经那一环，也就是忽视情感、思考和意志到行动那一环。他们大半止于认识，不能把认识转化为行动。不过这种认识也可以起指导旁人行动的作用。马克思《关于费尔巴哈的提纲》第十一条说，“哲学家们只是用不同的方式解释世界，而问题在于改变世界”，就是针对这些人说的。

就连在认识方面，较早的哲学家们也大半过分重视“理性”认识而忽视感性认识，而他们所理解的“理性”是先验的甚至是超验的，并没有感性认识的基础。这种局面到十七八世纪启蒙运动中英国的培根和霍布士等经验派哲学家才把它转变过来，把理性认识移置到感性认识的基础上，把理性认识看作是感性认识的进一步发展。英国经验主义在欧洲大陆上发生了深远影响，它是机械唯物主义的先驱，费尔巴哈就是一个著例。他“不满意抽象的思维而诉诸感性的直观，但是他把感性不是看作实践的、人类感性的活动”，对现实事物“只是从客体的或者直观的形式去理解，而不是把它们当作人的感性活动，当作实践去理解”，结果是人作为主体的感性活动、实践活动、能动的方面，却让唯心主义抽象地发展了。而且“他没有把人的活动本身理解为客体的活动”。这份《提纲》是马克思主义哲学的核心，但在用词和行文方面有些艰晦，初学者不免茫然，把它的极端重要性忽视过去。这里所要解释的主要是认识和实践的关系，也就是主体（人）和客体（对象）的关系。费尔巴哈由于片面地强调感性的直观（对客体所观照到的形状），忽视了这感性活动来自人的能动活动方面（即实践）。毛病出在他不了解人（主体）和他的认识和实践的对象（客体）既是相对立而又相依为命的，客观世界（客体）靠人来改造和认识。而人在改造客观世界中既体现了自己，也改造了自己。因此物（客体）之中有人（主体），人之中也有物。马克思批评费尔巴哈“没有把人的活动本身理解为客体的活动”。参加过五十年代国内美学讨论的人们都会记得多数人坚持“美是客观的”，我自己是从“美是主观的”转变到“主客观统一”的。当时我是从对客观事实的粗浅理解达到这种转变的，还没有懂得马克思在《提纲》中关于主体和客体统一的充满唯物辩证法的阐述的深刻意义。这场争论到现在似还没有彻底解决，来访或来信的朋友们还经常问到这一点，所以不嫌词费，趁此作一番说明，同时也想证明哲学（特别是马克思主义哲学）和心理学的知识对于研究美学的极端重要性。

谈到观点的转变，我还应谈一谈近代美学的真正开山祖康德这位主观唯心论者对我的影响，并且进行一点力所能及的批判。大家都知道，我过去是意大利美学家克罗齐的忠实信徒，可能还不知道对康德的信仰坚定了我对克罗齐的信仰。康德自己承认英国经验派怀疑论者休谟把他从哲学酣梦中震醒过来，但他始终没有摆脱他的“超验”理性或“纯理性”。在《判断力的批判》上部，康德对美进行了他的有名的分析。我在《西方美学史》第十二章对他的分析结果作了如下的概括叙述：

审美判断不涉及欲念和利害计较，所以有别于一般快感以及功利的和道德的活动，即不是一种实践活动；审美判断不涉及概念，所以有别于逻辑判断，即不是一种概念性认识活动；它不涉及明确的目的，所以与审美的判断有别，美并不等于（目的论中的）完善。

审美判断是对象的形式所引起的快感。这种形式之所以能引起快感，是因为它适应人的认识功能（即想象力和知解力），使这些功能可以自由活动并且和谐地合作。这种心理状态虽不是可以明确地认识到的，却是可以从情感的效果上感觉到的。审美的快感就是对于这种心理状态的肯定，它可以说是对于对象形式（客体）与主体的认识功能的内外契合……所感到的快慰。这是审美判断中的基本内容。

康德的这种美的分析有一个明显的致命伤。他把审美活动和整个人的其他许多功能都割裂开来，思考力、情感和追求目的的意志在审美活动中都从人这个整体中阉割掉了，留下来的只是想象力和知解力这两种认识功能的自由运用与和谐合作所产生的那一点快感。这两种认识功能如何自由运用与和谐合作，也还是一个不可知的秘密，因为他明确地说过“审美趣味方面没有客观规则”，艺术是“由自然通过天才来规定法则的”。他把美分为“纯粹的”和“依存的”两种，“美的分析”只针对“纯粹美”，到讨论“依存美”时，康德又把他原先所否定的因素偷梁换柱式地偷运回来，前后矛盾百出。就对象（客体）方面来看也是如此，他先肯定审美活动只涉及对象的形式，也就是说，与对象的内容无关；可是后来讨论“理想美”时却又说“理想是把个别事物作为适合于表现某一观念的形象显现”，这种“观念”就是“一种不确定的理性概念”，“它只能在人的形体上见出，在人的形体上，理想是道德精神的表现”。

指出如此等类的矛盾，并不是要把康德一棍子打死。康德对美学问题是经过深思熟虑的，发现其中有不少难解决的矛盾。他自己虽没有解决这些矛盾，却没有掩盖它们，而是认为可以激发后人的思考，推动美学的进一步发展。不幸的是后来他的门徒大半只发展了他的美只涉及对象的形式和主体的不带功利性的快感，即只涉及“美的分析”那一方面，而忽视了他对于“美的理想”“依存美”和对“崇高”的分析那另一方面。因此就产生了“为艺术而艺术”，“形式主义”，克罗齐的“艺术即直觉”，“美学只管美感经验”，美感经验是“孤立绝缘的”（闵斯特堡）、和实际事物保持“距离”的（缪勒·弗兰因斐尔斯）以及“超现实主义”，象征派的“纯诗”运动，帕尔纳斯派的“不动情感”“取消人格”之类五花八门的流派和学说，其中有大量的歪风邪气，康德在这些方面都是始作俑者。

近一百年中对康德持异议的也大有人在。例如康德把情感和意志排斥到美的领域之外，继起的叔本华就片面强调意志，尼采就宣扬狂歌狂舞、动荡不停的“酒神精神”和“超人”，都替后来德国法西斯暴行建立了理论基础。这种事例反映了帝国主义垂危时期的社会动荡和个人自我扩张欲念的猖獗。这个时期变态心理学开始盛行，主要的代表也各有一套美学或文艺理论，都明显地受到尼采和叔本华的影响。首屈一指的是弗洛伊德。他认为原始人类婴儿对自己父母的性爱和妒忌所形成的

"情意综"（男孩对母亲的性爱和对父亲的妒忌叫做"俄狄浦斯情意综"，女孩对父亲的性爱和对母亲的妒忌叫做"厄勒克特拉情意综"）到了现在还暗中作祟，采取化妆，企图在文艺中得到发泄。于是文艺就成了"原始性欲本能的升华"。弗洛伊德的门徒之一阿德勒却以个人的自我扩张欲（叫做"自我本能"）代替了性欲。自我本能表现于"在人上的意志"，特别是生理方面有缺陷的人受这种潜力驱遣，努力向上，来弥补这种缺陷。例如贝多芬、莫扎特和舒曼都有耳病，却都成了音乐大师。

像上面所举的这类学说现在在西方美学界还很流行，其通病和康德一样，都在把人这个整体宰割开来成为若干片段，单挑其中一块来，就说人原来如此，或是说，这一点就是打开人这个秘密的锁钥，也是打开美学秘密的锁钥。这就如同传说中的盲人摸象，这个说象是这样，那个说象是那样，实际上都不知道真象究竟是个啥样。

谈到这里，不妨趁便提一下，十九世纪以来西方美学界在研究方法上有机械观与有机观的分野。机械观来源于牛顿的物理学。物理学的对象本来是可以拆散开来分零件研究，把零件合拢起来又可以还原的。有机观来源于生物学和有机化学。有机体除单纯的物质之外还有生命，这就必须从整体来看，分割开来，生命就消灭了。解剖死尸，就无法把活人还原出来。机械观是一种形而上学，有机观就接近于唯物辩证法。上文所举的康德以来的一些美学家主要是持机械观的。当时美学界有没有持有机观的呢？为数不多，德国大诗人歌德便是一个著例，他在《搜藏家和他的伙伴们》的第五封信中有一段话是我经常爱引的：

人是一个整体，一个多方面的内在联系着的各种能力的统一体。艺术作品必须向人这个整体说话，必须适应人这种丰富的统一体，这种单一的杂多。

这就是有机观。这是伟大诗人从长期文艺创作和文艺欣赏中所得到的经验教训，不是从抽象概念中出来的。着重人的整体这种有机观，后来在马克思的《经济学—哲学手稿》里得到进一步发展，为辩证唯物主义和历史唯物主义奠定了基础。关于这一点，我们在以后的信里还要详谈。

谈摆脱

朋友：

近来研究黑格尔（Hegel）讨论悲剧的文章，有时拿他的学说来印证实际生活，颇觉欣然有会意。许久没有写信给你，现在就拿这点道理作谈料。

黑格尔对于古今悲剧，最推尊希腊索福克勒斯（Sophocles）的《安蒂贡》（*Antigone*）。安蒂贡的哥哥因为争王位，借重敌国的兵攻击他自己的祖国底比斯，他在战场中被打死了。底比斯新王克利安（Creon）悬令，如有人敢收葬他，便处死罪，因为他是一个国贼。安蒂贡很像中国的聂嫈，毅然不避死刑，把她哥哥尸骨收葬了。安蒂贡又是和克利安的儿子希蒙（Haemon）订过婚的，她被绞以后，希蒙痛悼她，也自杀了。

黑格尔以为凡悲剧都生于两理想的冲突，而《安蒂贡》是最好的实例。就克利安说，做国王的职责和做父亲的职责相冲突。就安蒂贡说，做国民的职责和做妹妹的职责相冲突。就希蒙说，做儿子的职责和做情人的职责相冲突。因此冲突，故三方面结果都是悲剧。

黑格尔只是论文学，其实推广一点说，人生又何尝不是一种理想的冲突场？不过实在界和舞台有一点不同，舞台上的悲剧生于冲突之得解决，而人生的悲剧则多生于冲突之不得解决。生命途程上的歧路尽管千差万别，而实际上只有一条路可走，有所取必有所舍，这是自然的道理。世间有许多人站在歧路上只徘徊顾虑，既不肯有所舍，便不能有所取。世间也有许多人既走上这一条路，又念念不忘那一条路。结果也不免差误时光。“鱼我所欲，熊掌亦我所欲，二者不可得兼，舍鱼而取熊掌可也。”有这样果决，悲剧决不会发生。悲剧之发生就在既不肯舍鱼，又不肯舍熊掌，只在那儿垂涎打算盘。这个道理我可以举几个实例来说明：

“禾”是一个大学生，很好文学，而他那一班的功课有簿记、有法律，都是他所厌恶的。他每见到我便愁眉蹙额的说：“真是无聊！天天只是预备考试！天天只是读这些没有意味的课本！”我告诉他：“你既不欢喜那些东西，便把它们丢开就是了。”他说：“既然花了家里的钱进学堂，总得要勉强敷衍考试才是。”我说：“你要敷衍考试，就敷衍考试就是了。”然而他天天嫌恶考试，天天又还在那儿预备考试。

我有一个幼时的同学恋爱了一个女子。他的家庭极力阻止他。他每次来信都向我诉苦。我去信告诉他说：“你既然爱她，便毅然不顾一切去爱她就是了。”他又说：“家庭骨肉的恩爱就能够这样恝然置之么？”我回复他说：“事既不能两全，你便应该趁早疏绝她。”但是他到现在还是犹豫不知所可，还是照旧叫苦。

“禹”也是一个旧相识。他在衙门里充当一个小差事。他很能做文章，家里虽不丰裕，也还不至于没有饭吃。衙门里案牍和他的脾胃不很合，而且妨碍他著述。他时常觉得他的生活没有意味，和我谈心时，不是说：“嗳，如果我不要就这个事，这本稿子久已写成了。”就是说：“这事简直不是人干的，我回家陪妻子吃糙米饭去了！”像这样的话我也不知道听他说过多少回数，但是他还是依旧风雨无阻的去应卯。

这些朋友的毛病都不在“见不到”而在“摆脱不开”。“摆脱不开”便是人生悲剧的起源。畏首畏尾，徘徊歧路，心境既多苦痛，而事业也不能成就。许多人的生命都是这样模模糊糊的过去的。要免除这种人生悲剧，第一须要“摆脱得开”。消极说是“摆脱得开”，积极说便是“提得起”，便是“抓得住”。认定一个目标，便专心致志的向那里走，其余一切都置之度外，这是成功的秘诀，也是免除烦恼的秘诀。现在姑且举几个实例来说明我所谓“摆脱得开”。

释迦牟尼当太子时，乘车出游，看到生老病死的苦状，便恍然解悟人生虚幻，把慈父、娇妻、爱子和王位一齐抛开，深夜遁入深山，静坐菩提树下，冥心默想解脱人类罪苦的方法。

这是古今第一个知道摆脱的人。其次如苏格拉底，如耶稣，如屈原，如文天祥，为保持人格而从容就死，能摆脱开一般人所摆脱不开的生活欲，也很可以廉顽立懦。再其次如希腊第欧根尼提倡克欲哲学，除一个饮水的杯子和一个盘坐的桶子以外，身旁别无长物，一日见童子用手捧水喝，他便把饮水的杯子也掷碎。犹太斯宾洛莎学说与犹太教义不合，犹太教徒行贿不遂，把他驱逐出籍，他以后便专靠磨镜过活。他在当时是欧洲第一个大哲学家，海德尔堡大学请他去当哲学教授，他说：“我还是磨我的镜子比较自由。”所以谢绝教授的位置。这是能为真理为学问摆脱一切的。卓文君逃开富家的安适，去陪司马相如当垆卖酒，是能为恋爱摆脱一切的。张翰在齐做大司马东曹掾，一天看见秋风乍起，想起吴中菰菜莼羹鲈鱼脍，立刻就弃官归里。陶渊明做彭泽令，不愿束带见督邮，向县吏说：“我岂能为五斗米折腰向乡里小儿！”立即解绶辞官。这是能摆脱禄位以行吾心所安的。英国小说家司考特早年颇致力于诗，后读拜伦著作，知道自己在诗的方面不能有大成就，便丢开音律专去做他的小说。这是能为某一种学问而摆脱开其他学问之引诱的。孟敏堕甑，不顾而去。郭林宗问他的缘故，他回答说：“甑已碎，顾之何益？”这是能摆脱过去之失败的。

斯蒂芬生论文，说文章之术在知遗漏（the art of omitting），其实不独文章如是，生活也要知所遗漏。我幼时，有一位最敬爱的国文教师看出我不知摆脱的毛病，尝在我的课卷后面加这样的批语："长枪短戟，用各不同，但精其一，已足致胜。汝才有偏向，姑发展其所长，不必广心博骛也。"十年以来，说了许多废话，看了许多废书，做了许多不中用的事，走了许多没有目标的路，多尝试，少成功，回忆师训，殊觉赧然，冷眼观察，世间像我这样暗中摸索的人正亦不少。大节固不用说，请问街头那纷纷群众忙的为什么？为什么天天做明知其无聊的工作，说明知其无聊的话，和明知其无聊的朋友们假意周旋？在我看来，这都由于"摆脱不开"。因为人人都"摆脱不开"，所以生命便成了一幕最大的悲剧。

朋友，我写到这里，已超过寻常篇幅，把上面所写的翻看一过，觉得还没有把"摆脱"的道理说得透。我只谈到粗浅处，细微处让你自己暇时细心体会罢。

你的朋友，光潜

无言之美

孔子有一天突然很高兴地对他的学生说："予欲无言。"子贡就接着问他："子如不言，则小子何述焉？"孔子说："天何言哉？四时行焉，百物生焉。天何言哉？"

这段赞美无言的话，本来从教育方面着想。但是要想明了无言的意蕴，宜从美术观点去研究。

言所以达意，然而意决不是完全可以言达的。因为言是固定的、有迹象的，意是瞬息万变、飘渺无踪的。言是散碎的，意是混整的；言是有限的，意是无限的。以言达意，好像用继续的虚线画实物，只能得其近似。

所谓文学，就是以言达意的一种美术。在文学作品中，语言之先的意象和情绪意旨所附丽的语言，都要尽美尽善，才能引起美感。

尽美尽善的条件很多。但是第一要不违背美术的基本原理，要"和自然逼真"（true to nature）。这句话讲得通俗一点，就是说美术作品不能说谎。不说谎包含有两种意义：一、我们所说的话，就恰是我们所想说的话。二、我们所想说的话，我们都吐肚子说出来了，毫无余蕴。

意既不可以完全达之以言，“和自然逼真”一个条件在文学上不是做不到么？或者我们问得再直截一点，假使语言文字能够完全传达情意，假使笔之于书的和存之于心的铢两悉称，丝毫不爽，这是不是文学上所应希求的一件事？

这个问题是了解文学及其他美术所必须回答的。现在我们姑且答道：文字语言固然不能全部传达情绪意旨，假使能够，也并非文学所应希求的。一切美术作品也都是这样，尽量表现，非惟不能，而也不必。

先从事实下手研究。譬如有一个荒村或任何物体，摄影家把它照一幅相，美术家把它画一幅画。这种相片和图画可以从两个观点去比较：第一，相片或图画，哪一个较“和自然逼真”？不消说得，在同一视阈以内的东西，相片都可以包罗尽致，并且体积比例和实物都两两相称，不会有丝毫错误。图画就不然。美术家对一种境遇，未表现之先，先加一番选择。选择定的材料还须经过一番理想化，把美术家的人格参加进去，然后表现出来。所表现的只是实物一部分，就连这一部分也不必和实物完全一致。所以图画决不能如相片一样“和自然逼真”。第二，我们再问，相片和图画所引起的美感哪一个浓厚，所发生的印象哪一个深刻，这也不消说，稍有美术口胃的人都觉得图画比相片美得多。

文学作品也是同样。譬如《论语》：“子在川上曰：‘逝者如斯夫，不舍昼夜！’”几句话决没完全描写出孔子说这番话时候的心境，而“如斯夫”三字更笼统，没有把当时的流水形容尽致。如果说详细一点，孔子也许这样说：“河水滚滚地流去，日夜都是这样，没有一刻停止。世界上一切事物不都像这流水时常变化不尽么？过去的事物不就永远过去绝不回头么？我看见这流水心中好不惨伤呀！……”但是纵使这样说去，还没有尽意。而比较起来，“逝者如斯夫，不舍昼夜”九个字比这段长而臭的演义值得玩味多了！在上等文学作品中，——尤其在诗词中——这种言不尽意的例子处处都可以看见。譬如陶渊明的《时运》，“有风自南，翼彼新苗”；《读〈山海经〉》，“微雨从东来，好风与之俱”，本来没有表现出诗人的情绪，然而玩味起来，自觉有一种闲情逸致，令人心旷神怡。钱起的《省试湘灵鼓瑟》末二句，“曲终人不见，江上数峰青”，也没有说出诗人的心绪，然而一种凄凉惜别的神情自然流露于言语之外。此外像陈子昂的《幽州台怀古》：“前不见古人，后不见来者。念天地之悠悠，独怆然而涕下！”李白的《怨情》：“美人卷珠帘，深坐颦蛾眉。但见泪痕湿，不知心恨谁。”虽然说明了诗人的情感，而所说出来的多么简单，所含蓄的多么深远？再就写景说，无论何种境遇，要描写得惟妙惟肖，都要费许多笔墨。但是大手笔只选择两三件事轻描淡写一下，完全境遇便呈露眼前，栩栩欲生。譬如陶渊明的《归园田居》：“方宅十余亩，草屋八九间。榆柳阴后檐，桃李罗堂前。暧暧远人村，依依墟里烟。狗吠深巷中，鸡鸣桑树巅。”四十字把乡村风景描写多么真切！再如杜工部的《后出塞》：“落日照大旗，马鸣风萧萧。平沙列万幕，部伍各见招。中天悬明月，令严夜寂寥。悲笳数声动，壮士惨不骄。”寥寥几句话，把月夜沙场状况写得多么有声有色，然而仔细观察起来，乡村景物还有多少为陶渊明所未提及，战地情况还有多少为杜工部所未提及。从此可知文学上我们并不以尽量表现为难能可贵。

在音乐里面，我们也有这种感想，凡是唱歌奏乐，音调由洪壮急促而变到低微以至于无声的时候，我们精神上就有一种沉默渊穆和平愉快的景象。白香山在《琵琶行》里形容琵琶声音暂时停顿的情况说：“冰泉冷涩弦凝绝，凝绝不通声暂歇。别有幽愁暗恨生，此时无声胜有声。”这就是形容音乐上无言之美的滋味。著名英国诗人济慈（Keats）在《希腊花瓶歌》也说，“听得见的声调固然幽美，听不见的声调尤其幽美”（Heard melodies are sweet; but those unheard are sweeter），也是说同样道理。大概喜欢音乐的人都尝过此中滋味。

就戏剧说，无言之美更容易看出。许多作品往往在热闹场中动作快到极重要的一点时，忽然万籁俱寂，现出一种沉默神秘的景象。梅特林（Maeterlinck）的作品就是好例。譬如《青鸟》的布景，择夜阑人静的时候，使重要角色睡得很长久，就是利用无言之美的道理。梅氏并且说：“口开则灵魂之门闭，口闭则灵魂之门开。”赞无言之美的话不能比此更透辟了。莎士比亚的名著《哈姆雷特》一剧开幕便描写更夫守夜的状况，德林瓦特（Drinkwater）在其《林肯》中描写林肯在南北战争军事旁午的时候跪着默祷，王尔德（O.Wilde）的《文德米夫人的扇子》里面描写文德米夫人私奔在她的情人寓所等候的状况，都在兴酣局紧，心悬悬渴望结局时，放出沉默神秘的色彩，都足以证明无言之美的。近代又有一种哑剧和静的布景，或只有动作而无言语，或连动作也没有，就专靠无言之美引人入胜了。

雕刻塑像本来是无言的，也可以拿来说明无言之美。所谓无言，不一定指不说话，是注重在含蓄不露。雕刻以静体传神，有些是流露的，有些是含蓄的。这种分别在眼睛上尤其容易看见。中国有一句谚语说，“金刚怒目，不如菩萨低眉”。所谓怒目，便是流露；所谓低眉，便是含蓄。凡看低头闭目的神像，所生的印象往往特别深刻。最有趣的就是西洋爱神的雕刻，她们男女都是瞎了眼睛。这固然根据希腊的神话，然而实在含有美术的道理，因为爱情通常都在眉目间流露，而流露爱情的眉目是最难比拟的。所以索性雕成盲目，可以耐人寻思。当初雕刻家原不必有意为此，但这些也许是人类不用意识而自然碰着的巧。

要说明雕刻上流露和含蓄的分别，希腊著名雕刻《拉奥孔》（*Laocoon*）是最好的例子。相传拉奥孔犯了大罪，天神用了一种极惨酷的刑法来惩罚他，遣了一条恶蛇把他和他的两个儿子在一块绞死了。在这种极刑之下，未死之前当然有一种悲伤惨感目不忍睹的一顷刻，而希腊雕刻家并不擒住这一顷刻来表现，他只把将达苦痛极点前一顷刻的神情雕刻出来，所以他所表现的悲哀是含蓄不露的。倘若是流露的，一定带了挣扎呼号的样子。这个雕刻，一眼看去，只觉得他们父子三人都有一种难言之恫；仔细看去，便可发见条条筋肉根根毛孔都暗示一种极苦痛的神情。德国莱辛（Lessing）的名著《拉奥孔》就根据这个雕刻，讨论美术上含蓄的道理。

以上是从各种艺术中信手拈来的几个实例。把这些个别的实例归纳在一起，我们可以得一个公例，就是：拿美术来表现思想和情感，与其尽量流露，不如稍有含蓄；与其吐肚子把一切都说出来，不如留一大部分让欣赏者自己去领会。因为在欣赏者的头脑里所生的印象和美感，有含蓄比较尽量流露的还要更加深刻。换句话说，说出来的越少，留着不说的越多，所引起的美感就越大越深越真切。

这个公例不过是许多事实的总结束。现在我们要进一步求出解释这个公例的理由。我们要问何以说得越少，引起的美感反而越深刻？何以无言之美有如许势力？

想答复这个问题，先要明白美术的使命。人类何以有美术的要求？这个问题本非一言可尽。现在我们姑且说，美术是帮助我们超脱现实而求安慰于理想境界的。人类的意志可向两方面发展：一是现实界，一是理想界。不过现实界有时受我们的意志支配，有时不受我们的意志支配。譬如我们想造一所房屋，这是一种意志。要达到这个意志，必费许多气力去征服现实，要开荒辟地，要造砖瓦，要架梁柱，要赚钱去请泥水匠。这些事都是人力可以办到的，都是可以用意志支配的。但是我们的意志想造一座空中楼阁。现实界凡物皆向地心下坠一条定律，就不可以用意志征服。所以意志在现实界活动，处处遇障碍，处处受限制，不能圆满地达到目的，实际上我们的意志十之八九都要受现实限制，不能自由发展。譬如谁不想有美满的家庭？谁不想住在极乐国？然而在现实界决没有所谓极乐美满的东西存在。因此我们的意志就不能不和现实发生冲突。

一般人遇到意志和现实发生冲突的时候，大半让现实征服了意志，走到悲观烦闷的路上去，以为件件事都不如人意，人生还有什么意味？所以堕落、自杀、逃空门种种的消极的解决法就乘虚而入了，不过这种消极的人生观不是解决意志和现实冲突最好的方法。因为我们人类生来不是懦弱者，而这种消极的人生观甘心让现实把意志征服了，是一种极懦弱的表示。

然则此外还有较好的解决法么？有的，就是我所谓超脱现实。我们处世有两种态度，人力所能做到的时候，我们竭力征服现实。人力莫可奈何的时候，我们就要暂时超脱现实，储蓄精力待将来再向他方面征服现实。超脱到哪里去呢？超脱到理想界去。现实界处处有障碍有限制，理想界是天空任鸟飞，极空阔极自由的。现实界不可以造空中楼阁，理想界是可以造空中楼阁的。现实界没有尽美尽善，理想界是有尽美尽善的。

姑取实例来说明。我们走到小城市里去，看见街道窄狭污浊，处处都是阴沟厕所，当然感觉不快，而意志立时就要表示态度。如果意志要征服这种现实哩，我们就要把这种街道房屋一律拆毁，另造宽大的马路和清洁的房屋。但是谈何容易？物质上发生种种障碍，这一层就不一定可以做到。意志在此时如何对付呢？他说：我要超脱现实，去在理想界造成理想的街道房屋来，把它表现在图画上，表现在雕刻上，表现在诗文上。于是结果有所谓美术作品。美术家成了一件作品，自己觉得有创造的大力，当然快乐已极。旁人看见这种作品，觉得它真美丽，于是也愉快起来了，这就是所谓美感。

因此美术家的生活就是超现实的生活；美术作品就是帮助我们超脱现实到理想界去求安慰的。换句话说，我们有美术的要求，就因为现实界待遇我们太刻薄，不肯让我们的意志推行无碍，于是我们的意志就跑到理想界去求慰情的路径。美术作品之所以美，就美在它能够给我们很好的理想境界。所以我们可以说，美术作品的价值高低就看它超现实的程度大小，就看它所创造的理想世界是阔大还是窄狭。

但是美术又不是完全可以和现实界绝缘的。它所用的工具——例如雕刻用的石头，图画用的颜色，诗文用的语言——都是在现实界取来的。它所用的材料——例如人物情状悲欢离合——也是现实界的产物。所以美术可以说是以毒攻毒，利用现实的帮助以超脱现实的苦恼。上面我们说过，美术作品的价值高低要看它超脱现实的程度如何。这句话应稍加改正，我们应该说，美术作品的价值高低，就看它能否借极少量的现实界的帮助，创造极大量的理想世界出来。

在实际上说，美术作品借现实界的帮助愈少，所创造的理想世界也因而愈大。再拿相片和图画来说明。何以相片所引起的美感不如图画呢？因为相片上一形一影，件件都是真实的，而且应有尽有，发泄无遗。我们看相片，种种形影好像钉子把我们的想象力都钉死了。看到相片，好像看到二五，就只能想到一十，不能想到其他数目。换句话说，相片把事物看得忒真，没有给我们以想象余地。所以相片只能抄写现实界，不能创造理想界。图画就不然。图画家用美术眼光，加一番选择的功夫，在一个完全境遇中选择了一小部分事物，把它们又经过一番理想化，然后才表现出来。惟其留着一大部分不表现，欣赏者的想象力才有用武之地。想象作用的结果就是一个理想世界。所以图画所表现的现实世界虽极小而创造的理想世界则极大。孔子谈教育说："举一隅不以三隅反，则不复也。"相片是把四隅通举出来了，不要你劳力去"复"。图画就只举一隅，叫欣赏者加一番想象，然后"以三隅反"。

流行语中有一句说："言有尽而意无穷。"无穷之意达之以有尽之言，所以有许多意，尽在不言中。文学之所以美，不仅在有尽之言，而尤在无穷之意。推广地说，美术作品之所以美，不是只美在已表现的一小部分，尤其是美在未表现而含蓄无穷的一大部分，这就是本文所谓无言之美。

因此美术要"和自然逼真"一个信条应该这样解释："和自然逼真"是要窥出自然的精髓所在，而表现出来；不是说要把自然当作一篇印版文字，很机械地抄写下来。

这里有一个问题会发生。假使我们欣赏美术作品，要注重在未表现而含蓄着的一部分，要超"言"而求"言外意"，各个人有各个人的见解，所得的言外意不是难免殊异么？当然，美术作品之所以美，就美在有弹性，能拉得长，能缩得短。有弹性所以不呆板。同一美术作品，你去玩味有你的趣味，我去玩味有我的趣味。譬如莎氏乐府所以在艺术上占极高位置，就因为各种阶级的人在不同的环境中都欢喜读它。有弹性，所以不陈腐。同一美术作品，今天玩味有今天的趣味，明天玩味有明天的趣味。凡是经不得时代淘汰的作品都不是上乘。上乘文学作品，百读都令人不厌的。

就文学说，诗词比散文的弹性大；换句话说，诗词比散文所含的无言之美更丰富。散文是尽量流露的，愈发挥尽致，愈见其妙。诗词是要含蓄暗示，若即若离，才能引人入胜。现在一般研究文学的人都偏重散文——尤其是小说。对于诗词很疏忽。这件事实可以证明一般人文学欣赏力很薄弱。现在如果要提高文学，必先提高文学欣赏力；要提高文学欣赏力，必先在诗词方面特下工夫，把鉴赏无言之美的能力养得很敏捷。因此我很望文学创作力在诗词方面多努力，而学校国文课程中诗歌应该占一个重要的位置。

本文论无言之美，只就美术一方面着眼。其实这个道理在伦理、哲学、教育、宗教及实际生活各方面，都不难发见。老子《道德经》开卷便说："道可道，非常道；名可名，非常名。"就是说伦理哲学中有无言之美。儒家谈教育，大半主张潜移默化，所以拿时雨春风做比喻。佛教及其他宗教之能深入人心，也是借沉默神秘的势力。幼稚园创造者蒙特梭利利用无言之美的办法尤其有趣。在她的幼稚园里，教师每天趁儿童玩得很热闹的时候，猛然地在粉板上写一个"静"字，或奏一声琴。全体儿童于是都跑到自己的座位去，闭着眼睛蒙着头伏案做假睡的姿势，但是他们不可睡着。几分钟后，教师又用很轻微的声音，从颇远的地方呼唤各个儿童的名字。听见名字的就要立刻醒起来。这就是使儿童可以在沉默中领略无言之美。

就实际生活方面说，世间最深切的莫如男女爱情。爱情摆在肚子里面比摆在口头上来得恳切。"齐心同所愿，含意俱未伸"和"但无言语空相觑"，比较"细语温存""怜我怜卿"的滋味还要更加甜蜜。英国诗人勃莱克（Blake）有一首诗叫做《爱情之秘》（*Love's Secret*）里面说：

（一）

切莫告诉你的爱情，

爱情是永远不可以告诉的，

因为她像微风一样，

不做声不做气地吹着。

（二）

我曾经把我的爱情告诉而又告诉，

我把一切都披肝沥胆地告诉爱人了，

打着寒战，耸头发地告诉，

然而她终于离我去了！

（三）

她离我去了，

不多时一个过客来了。

不做声不做气地，只微叹一声，

便把她带去了。

这首短诗描写爱情上无言之美的势力，可谓透辟已极了。本来爱情完全是一种心灵的感应，其深刻处是老子所谓不可道不可名的。所以许多诗人以为“爱情”两个字本身就太滥太寻常太乏味，不能拿来写照男女间神圣深挚的情绪。

其实何止爱情？世间有许多奥妙，人心有许多灵悟，都非言语可以传达，一经言语道破，反如甘蔗渣滓，索然无味。这个道理还可以推到宇宙人生诸问题方面去。我们所居的世界是最完美的，就因为它是最不完美的。这话表面看去，不通已极，但是实在含有至理。假如世界是完美的，人类所过的生活——比好一点，是神仙的生活，比坏一点，就是猪的生活——便呆板单调已极，因为倘若件件事都尽美尽善了，自然没有希望发生，更没有努力奋斗的必要。人生最可乐的就是活动所生的感觉，就是奋斗成功而得的快慰。世界既完美，我们如何能尝创造成功的快慰？这个世界之所以美满，就在有缺陷，就在有希望的机会，有想象的田地。换句话说，世界有缺陷，可能性（potentiality）才大。这种可能而未能的状况就是无言之美。世间有许多奥妙，要留着不说出；世间有许多理想，也应该留着不实现。因为实现以后，跟着“我知道了”的快慰便是“原来不过如是”的失望。

天上的云霞有多么美丽！风涛虫鸟的声息有多么和谐！用颜色来摹绘，用金石丝竹来比拟，任何美术家也是作践天籁，糟蹋自然！无言之美何限？让我这种拙手来写照，已是糟粕枯骸！这种罪过我要完全承认的。倘若有人骂我胡言乱道，我也只好引陶渊明的诗回答他说：“此中有真味，欲辨已忘言！”

“子非鱼，安知鱼之乐？”
——宇宙的人情化

庄子与惠子游于濠梁之上。

庄子曰：“鲦鱼出游从容，是鱼乐也！”

惠子曰：“子非鱼，安知鱼之乐？”

庄子：“子非我，安知我不知鱼之乐？

这是《庄子·秋水》篇里的一段故事，是你平时所欢喜玩味的。我现在藉这段故事来说明美感经验中的一个极有趣味的道理。

我们通常都有“以己度人”的脾气，因为有这个脾气，对于自己以外的人和物才能了解。严格地说，各个人都只能直接地了解他自己，都只能知道自己处某种境地、有某种知觉、生某种情感。至于知道旁人旁物处某种境地、有某种知觉、生某种情感时，则是凭自己的经验推测出来的。比如我知道自己在笑时心里欢喜，在哭时心里悲痛，看到旁人笑也就以为他心里欢喜，看见旁人哭也以为他心里悲痛。我知道旁人旁物的知觉和情感如何，都是拿自己的知觉和情感来比拟的。我只知道自己，我知道旁人旁物时是把旁人旁物看成自己，或是把自己推到旁人旁物的地位。庄子看到鲦鱼“出游从容”便觉得它乐，因为他自己对于“出游从容”的滋味是有经验的。人与人，人与物，都有共同之点，所以他们都有互相感通之点。假如庄子不是鱼就无从知鱼之乐，每个人就要各成孤立世界，和其他人物都隔着一层密不通风的墙壁，人与人以及人与物之中便无心灵交通的可能了。

这种“推己及物”“设身处地”的心理活动不尽是有意的、出于理智的，所以它往往发生幻觉。鱼没有反省的意识，是否能够像人一样“乐”，这种问题大概在庄子时代的动物心理学也还没有解决，而庄子硬拿“乐”字来形容鱼的心境，其实不过把他自己的“乐”的心境外射到鱼的身上罢了，他的话未必有科学的谨严与精确。我们知觉外物，常把自己所得的感觉外射到物的本身上去，把它误认为物所固有的属性，于是本来在我的就变成在物的了。比如我们说“花是红的”时，是把红看作花所固有的属性，好像是以为纵使没有人去知觉它，它也还是在那里。其实花本身只有使人觉到红的可能性，至于红却是视觉的结果。红是长度为若干的光波射到眼球网膜上所生的印象。如果光波长一点或是短一点，眼球网膜的构造换一个样子，红的色觉便不会发生。患色盲的人根本就不能辨别红色，就是眼睛健全的人在薄暮光线暗淡时也不能把红色和绿色分得清楚，从此可知，严格地说，我们只能说“我觉得花是红的”。我们通常都把“我觉得”三字略去而直说“花是红的”，于是在我的感觉遂被误认为在物的属性了。日常对于外物的知觉都可作如是观。“天气冷”其实只是“我觉得天气冷”，鱼也许和我不同意；“石头太沉重”其实只是“我觉得它太沉重”，大力士或许还嫌它太轻。

云何尝能飞？泉何尝能跃？我们却常说云飞泉跃；山何尝能鸣？谷何尝能应？我们却常说山鸣谷应。在说云飞泉跃、山鸣谷应时，我们比说花红石头重，又更进一层了。原来我们只把在我的感觉误认为在物的属性，现在我们却把无生气的东西看成有生气的东西，把它们看作我们的侪辈，觉得它们也有性格，也有情感，也能活动。这两种说话的方法虽不同，道理却是一样，都是根据自己的经验来了解外物。这种心理活动通常叫做“移情作用”。

“移情作用”是把自己的情感移到外物身上去，仿佛觉得外物也有同样的情感。这是一个极普遍的经验。自己在欢喜时，大地山河都在扬眉带笑；自己在悲伤时，风云花鸟都在叹气凝愁。惜别时蜡烛可以垂泪，兴到时青山亦觉点头。柳絮有时“轻狂”，晚峰有时“清苦”。陶渊明何以爱菊呢？因为他在傲霜残枝中见出孤臣的劲节；林和靖何以爱梅呢？因为他在暗香疏影中见出隐者的高标。

从这几个实例看，我们可以看出移情作用是和美感经验有密切关系的。移情作用不一定就是美感经验，而美感经验却常含有移情作用。美感经验中的移情作用不单是由我及物的，同时也是由物及我的；它不仅把我的性格和情感移注于物，同时也把物的姿态吸收于我。所谓美感经验，其实不过是在聚精会神之中，我的情趣和物的情趣往复回流而已。

姑先说欣赏自然美。比如我在观赏一棵古松，我的心境是什么样状态呢？我的注意力完全集中在古松本身的形相上，我的意识之中除了古松的意象之外，一无所有。在这个时候，我的实用的意志和科学的思考都完全失其作用，我没有心思去分别我是我而古松是古松。古松的形相引起清风亮节的类似联想，我心中便隐约觉到清风亮节所常伴着的情感。因为我忘记古松和我是两件事，我就于无意之中把这种清风亮节的气概移置古松上面去，仿佛古松原来就有这种性格。同时我又不知不觉地受古松的这种性格影响，自己也振作起来，摹仿它那一副苍老劲拔的姿态。所以古松俨然变成一个人，人也俨然变成一棵古松。真正的美感经验都是如此，都要达到物我同一的境界；在物我同一的境界中，移情作用最容易发生，因为我们根本就不分辨所生的情感到底是属于我还是属于物的。

再说欣赏艺术美，比如说听音乐。我们常觉得某种乐调快活，某种乐调悲伤。乐调自身本来只有高低、长短、急缓、宏纤的分别，而不能有快乐和悲伤的分别。换句话说，乐调只能有物理而不能有人情。我们何以觉得这本来只有物理的东西居然有人情呢？这也是由于移情作用。这里的移情作用是如何起来的呢？音乐的命脉在节奏。节奏就是长短、高低、急缓、宏纤相继承的关系。这些关系前后不同，听者所费的心力和所用的心的活动也不一致。因此听者心中自起一种节奏和音乐的节奏相平行。听一曲高而缓的调子，心力也随之作一种高而缓的活动；听一曲低而急的调子，心力也随之作一种低而急的活动。这种高而缓或是低而急的心力活动，常蔓延浸润到全部心境，使它变成和高而缓的活动或是低而急的活动相同调，于是听者心中遂感觉一种欢欣鼓舞或是抑郁凄恻的情调。这种情调本来属于听者，在聚精会神之中，他把这种情调外射出去，于是音乐也就有快乐和悲伤的分别了。

再比如说书法。书法在中国向来自成艺术，和图画有同等的身份，近来才有人怀疑它是否可以列于艺术，这般人大概是看到西方艺术史中向来不留位置给书法，所以觉得中国人看重书法有些离奇。其实书法可列于艺术，是无可置疑的。它可以表现性格和情趣。颜鲁公的字就像颜鲁公，赵孟頫的字就像赵孟頫。所以字也可以说是抒情的，不但是抒情的，而且是可以引起移情作用的。横直钩点等等笔划原来是墨涂的痕迹，它们不是高人雅士，原来没有什么“骨力”“姿态”“神韵”和“气魄”。但是在名家书法中我们常觉到“骨力”“姿态”“神韵”和“气魄”。我们说柳公权的字“劲拔”，赵孟频的字“秀媚”，这都是把墨涂的痕迹看作有生气有性格的东西，都是把字在心中所引起的意象移到字的本身上面去。

移情作用往往带有无意的摹仿。我在看颜鲁公的字时，仿佛对着巍峨的高峰，不知不觉地耸肩聚眉，全身的筋肉都紧张起来，摹仿它的严肃；我在看赵孟頫的字时，仿佛对着临风荡漾的柳条，不知不觉地展颐摆腰，全身的筋肉都松懈起来，摹仿它的秀媚。从心理学看，这本来不是奇事。凡是观念都有实现于运动的倾向。念到跳舞时脚往往不自主地跳动，念到“山”字时口舌往往不由自主地说出“山”字。通常观念往往不能实现于动作者，由于同时有反对的观念阻止它。同时念到打球又念到泅水，则既不能打球，又不能泅水。如果心中只有一个观念，没有旁的观念和它对敌，则它常自动地现于运动。聚精会神看赛跑时，自己也往往不知不觉地弯起胳膊动起脚来，便是一个好例。在美感经验之中，注意力都是集中在一个意象上面，所以极容易起摹仿的运动。

移情的现象可以称之为“宇宙的人情化”，因为有移情作用然后本来只有物理的东西可具人情，本来无生气的东西可有生气。从理智观点看，移情作用是一种错觉，是一种迷信。但是如果把它勾消，不但艺术无由产生，即宗教也无由出现。艺术和宗教都是把宇宙加以生气化和人情化，把人和物的距离以及人和神的距离都缩小。它们都带有若干神秘主义的色彩。所谓神秘主义其实并没有什么神秘，不过是在寻常事物之中见出不寻常的意义。这仍然是移情作用。从一草一木之中见出生气和人情以至于极玄奥的泛神主义，深浅程度虽有不同，道理却是一样。

美感经验既是人的情趣和物的姿态的往复回流，我们可以从这个前提中抽出两个结论来：

一、物的形相是人的情趣的返照。物的意蕴深浅和人的性分密切相关。深人所见于物者亦深，浅人所见于物者亦浅。比如一朵含露的花，在这个人看来只是一朵平常的花，在那个人看或以为它含泪凝愁，在另一个人看或以为它能象征人生和宇宙的妙谛。一朵花如此，一切事物也是如此。因我把自己的意蕴和情趣移于物，物才能呈现我所见到的形相。我们可以说，各人的世界都由各人的自我伸张而成。欣赏中都含有几分创造性。

二、人不但移情于物，还要吸收物的姿态于自我，还要不知不觉地摹仿物的形相。所以美感经验的直接目的虽不在陶冶性情，而却有陶冶性情的功效。心里印着美的意象，常受美的意象浸润，自然也可以少存些浊念。苏东坡诗说：

宁可食无肉，不可居无竹；无肉令人瘦，无竹令人俗。

竹不过是美的形相之一种，一切美的事物都有不令人俗的功效。

“慢慢走，欣赏啊！”
——人生的艺术化

一直到现在，我们都是讨论艺术的创造与欣赏。在收尾这一节中，我提议约略说明艺术和人生的关系。

我在开章明义时就着重美感态度和实用态度的分别，以及艺术和实际人生之中所应有的距离，如果话说到这里为止，你也许误解我把艺术和人生看成漠不相关的两件事。我的意思并不如此。

人生是多方面而却互相和谐的整体，把它分析开来看，我们说某部分是实用的活动，某部分是科学的活动，某部分是美感的活动，为正名析理起见，原应有此分别；但是我们不要忘记，完满的人生见于这三种活动的平均发展，它们虽是可分别的而却不是互相冲突的。“实际人生”比整个人生的意义较为窄狭。一般人的错误在把它们认为相等，以为艺术对于“实际人生”既是隔着一层，它在整个人生中也就没有什么价值。有些人为维护艺术的地位，又想把它硬纳到“实际人生”的小范围里去。这班人不但是误解艺术，而且也没有认识人生。我们把实际生活看作整个人生之中的一片段，所以在肯定艺术与实际人生的距离时，并非肯定艺术与整个人生的隔阂。严格地说，离开人生便无所谓艺术，因为艺术是情趣的表现，而情趣的根源就在人生；反之，离开艺术也便无所谓人生，因为凡是创造和欣赏都是艺术的活动，无创造、无欣赏的人生是一个自相矛盾的名词。

人生本来就是一种较广义的艺术。每个人的生命史就是他自己的作品。这种作品可以是艺术的，也可以不是艺术的，正犹如同是一种顽石，这个人能把它雕成一座伟大的雕像，而另一个人却不能使它“成器”，分别全在性分与修养。知道生活的人就是艺术家，他的生活就是艺术作品。

过一世生活好比做一篇文章。完美的生活都有上品文章所应有的美点。

第一，一篇好文章一定是一个完整的有机体，其中全体与部分都息息相关，不能稍有移动或增减。一字一句之中都可以见出全篇精神的贯注。比如陶渊明的《饮酒》诗本来是“采菊东篱下，悠然见南山”，后人把“见”字误印为“望”字，原文的自然与物相遇相得的神情便完全丧失。这种艺术的完整性在生活中叫做“人格”。凡是完美的生活都是人格的表现。大而进退取与，小而声音笑貌，都没有一件和全人格相冲突。不肯为五斗米折腰向乡里小儿，是陶渊明的生命史中所应有的一段文章，如果他错过这一个小节，便失其为陶洲明。下狱不肯脱逃，临刑时还叮咛嘱咐还邻人一只鸡的债，是苏格拉底的生命史中所应有的一段文章，否则他便失其为苏格拉底。这种生命史才可以使人把它当作一幅图画去惊赞，它就是一种艺术的杰作。

其次，“修辞立其诚”是文章的要诀，一首诗或是一篇美文一定是至性深情的流露，存于中然后形于外，不容有丝毫假借。情趣本来是物我交感共鸣的结果。景物变动不居，情趣亦自生生不息。我有我的个性，物也有物的个性，这种个性又随时地变迁而生长发展。每人在某一时会所见到的景物，和每种景物在某一时会所引起的情趣，都有它的特殊性，断不容与另一人在另一时会所见到的景物，和另一景物在另一时会所引起的情趣，完全相同。毫厘之差，微妙所在。在这种生生不息的情趣中，我们可以见出生命的创化。把这种生命流露于语言文字，就是好文章；把它流露于言行风采，就是美满的生命史。

文章忌俗滥，生活也忌俗滥。俗滥就是自己没有本色而蹈袭别人的成规旧矩。西施患心病，常捧心颦眉，这是自然的流露，所以愈增其美。东施没有心病，强学捧心颦眉的姿态，只能引人嫌恶。在西施是创作，在东施便是滥调。滥调起于生命的枯渴，也就是虚伪的表现。“虚伪的表现”就是“丑”，克罗齐已经说过。“风行水上，自然成纹”，文章的妙处如此，生活的妙处也是如此。在什么地位，是什样的人，感到什样情趣，便现出什样言行风采，叫人一见就觉其谐和完整，这才是艺术的生活。

俗语说得好，“惟大英雄能本色”，所谓艺术的生活就是本色的生活。世间有两种人的生活最不艺术，一种是俗人，一种是伪君子。“俗人”根本就缺乏本色，“伪君子”则竭力遮盖本色。朱晦庵有一首诗说：

半亩方塘一鉴开，天光云影共徘徊。问渠那得清如许？为有源头活水来。

艺术的生活就是有“源头活水”的生活。俗人迷于名利，与世浮沉，心里没有“天光云影”，就因为没有源头活水。他们的大病是生命的枯渴。“伪君子”则于这种“俗人”的资格之上，又加上“沐猴而冠”的伎俩。他们的特点不仅见于道德上的虚伪，一言一笑、一举一动，都叫人起不美之感。谁知道风流名士的架子之中掩藏了几多行尸走肉？无论是“俗人”或是“伪君子”，他们都是生活上的“苟且者”，都缺乏艺术家在创造时所应有的良心。像柏格森所说的，他们都是“生命的机械化”，只能作喜剧中的角色。生活落到喜剧里去的人大半都是不艺术的。

艺术的创造之中都必寓有欣赏，生活也是如此。一般人对于一种言行常欢喜说它“好看”“不好看”，这已有几分是拿艺术欣赏的标准去估量它。但是一般人大半不能彻底，不能拿一言一笑、一举一动纳在全部生命史里去看，他们的“人格”观念太淡薄，所谓“好看”“不好看”往往只是“敷衍面子”。善于生活者则彻底认真，不让一尘一芥妨碍整个生命的和谐。一般人常以为艺术家是一班最随便的人，其实在艺术范围之内，艺术家是最严肃不过的。在锻炼作品时常呕心呕肝，一笔一划也不肯苟且。王荆公作“春风又绿江南岸”一句诗时，原来“绿”字是“到”字，后来由“到”字改为“过”字，由“过”字改为“入”字，由“入”字改为“满”字，改了十几次之后才定为“绿”字。即此一端可以想见艺术家的严肃了。善于生活者对于生活也是这样认真。曾子临死时记得床上的席子是季路的，一定叫门人把它换过才瞑目。吴季札心里已经暗许赠剑给徐君，没有实行徐君就已死去，他很郑重地把剑挂在徐君墓旁树上，以见“中心契合死生不渝”的风谊。像这一类的言行看来虽似小节，而善于生活者却不肯轻易放过，正犹如诗人不肯轻易放过一字一句一样。小节如此，大节更不消说。董狐宁愿断头不肯掩盖史实，夷齐饿死不愿降周，这种风度是道德的也是艺术的。我们主张人生的艺术化，就是主张对于人生的严肃主义。

艺术家估定事物的价值，全以它能否纳入和谐的整体为标准，往往出于一般人意料之外。他能看重一般人所看轻的，也能看轻一般人所看重的。在看重一件事物时，他知道执著；

在看轻一件事物时，他也知道摆脱。艺术的能事不仅见于知所取，尤其见于知所舍。苏东坡论文，谓如水行山谷中，行于其所不得不行，止于其所不得不止。这就是取舍恰到好处，艺术化的人生也是如此。善于生活者对于世间一切，也拿艺术的口胃去评判它，合于艺术口胃者毫毛可以变成泰山，不合于艺术口胃者泰山也可以变成毫毛。他不但能认真，而且能摆脱。在认真时见出他的严肃，在摆脱时见出他的豁达。孟敏堕甑，不顾而去，郭林宗见到以为奇怪。他说："甑已碎，顾之何益？"哲学家斯宾诺莎宁愿靠磨镜过活，不愿当大学教授，怕妨碍他的自由。王徽之居山阴，有一天夜雪初霁，月色清朗，忽然想起他的朋友戴逵，便乘小舟到剡溪去访他，刚到门口便把船划回去。他说："乘兴而来，兴尽而返。"这几件事彼此相差很远，却都可以见出艺术家的豁达。伟大的人生和伟大的艺术都要同时并有严肃与豁达之胜。晋代清流大半只知道豁达而不知道严肃，宋朝理学又大半只知道严肃而不知道豁达。陶渊明和杜子美庶几算得恰到好处。

一篇生命史就是一种作品，从伦理的观点看，它有善恶的分别；从艺术的观点看，它有美丑的分别。善恶与美丑的关系究竟如何呢？

就狭义说，伦理的价值是实用的，美感的价值是超实用的；伦理的活动都是有所为而为，美感的活动则是无所为而为。比如仁义忠信等等都是善，问它们何以为善，我们不能不着眼到人群的幸福。美之所以为美，则全在美的形相本身，不在它对于人群的效用（这并不是说它对于人群没有效用）。假如世界上只有一个人，他就不能有道德的活动，因为有父子才有慈孝可言，有朋友才有信义可言。但是这个想象的孤零零的人还可以有艺术的活动，他还可以欣赏他所居的世界，他还可以创造作品。善有所赖而美无所赖，善的价值是“外在的”，美的价值是“内在的”。

不过这种分别究竟是狭义的。就广义说，善就是一种美，恶就是一种丑。因为伦理的活动也可以引起美感上的欣赏与嫌恶。希腊大哲学家柏拉图和亚里士多德讨论伦理问题时都以为善有等级，一般的善虽只有外在的价值，而“至高的善”则有内在的价值。这所谓“至高的善”究竟是什么呢？柏拉图和亚里士多德本来是一走理想主义的极端，一走经验主义的极端，但是对于这个问题，意见却是一致。他们都以为“至高的善”在“无所为而为的玩索”（Disinterested Contemplation）。这种见解在西方哲学思潮上影响极大，斯宾诺莎、黑格尔、叔本华的学说都可以参证。从此可知西方哲人心目中的“至高的善”还是一种美，最高的伦理的活动还是一种艺术的活动了。

“无所为而为的玩索”何以看成“至高的善”呢？这个问题牵到西方哲人对于神的观念。从耶稣教盛行之后，神才是一个大慈大悲的道德家。在希腊哲人以及近代莱布尼兹、尼采、叔本华诸人的心目中，神却是一个大艺术家，他创造这个宇宙出来，全是为着自己要创造，要欣赏。其实这种见解也并不减低神的身份。耶稣教的神只是一班穷叫化子中的一个肯施舍的财主佬，而一般哲人心中的神，则是以宇宙为乐曲而要在这种乐曲之中见出和谐的音乐家。这两种观念究竟是哪一个伟大呢？在西方哲人想，神只是一片精灵，他的活动绝对自由而不受限制，至于人则为肉体的需要所限制而不能绝对自由。人愈能脱肉体需求的限制而作自由活动，则离神亦愈近。“无所为而为的玩索”是唯一的自由活动，所以成为最上的理想。

这番话似乎有些玄渺，在这里本来不应说及。不过无论你相信不相信，有许多思想却值得当作一个意象悬在心眼前来玩味玩味。我自己在闲暇时也欢喜看看哲学书籍。老实说，我对于许多哲学家的话都很怀疑，但是我觉得他们有趣。我以为穷到究竟，一切哲学系统也都只能当作艺术作品去看。哲学和科学穷到极境，都是要满足求知的欲望。每个哲学家和科学家对于他自己所见到的一点真理（无论它究竟是不是真理）都觉得有趣味，都用一股热忱去欣赏它。真理在离开实用而成为情趣中心时就已经是美感的对象了。“地球绕日运行”，“勾方加股方等于弦方”一类的科学事实，和《密罗斯爱神》或《第九交响曲》一样可以摄魂震魄。科学家去寻求这一类的事实，穷到究竟，也正因为它们可以摄魂震魄。所以科学的活动也还是一种艺术的活动，不但善与美是一体，真与美也并没有隔阂。

艺术是情趣的活动，艺术的生活也就是情趣丰富的生活。

人可以分为两种，一种是情趣丰富的，对于许多事物都觉得有趣味，而且到处寻求享受这种趣味；一种是情趣干枯的，对于许多事物都觉得没有趣味，也不去寻求趣味，只终日拼命和蝇蛆在一块争温饱。后者是俗人，前者就是艺术家。情趣愈丰富，生活也愈美满，所谓人生的艺术化就是人生的情趣化。

“觉得有趣味”就是欣赏。你是否知道生活，就看你对于许多事物能否欣赏。欣赏也就是“无所为而为的玩索”。在欣赏时人和神仙一样自由，一样有福。

阿尔卑斯山谷中有一条大汽车路，两旁景物极美，路上插着一个标语牌劝告游人说：“欣赏啊！”许多人在这车如流水马如龙的世界过活，恰如在阿尔卑斯山谷中乘汽车兜风，匆匆忙忙地急驰而过，无暇一回首流连风景，于是这丰富华丽的世界便成为一个了无生趣的囚牢。这是一件多么可惋惜的事啊！

朋友，在告别之前，我采用阿尔卑斯山路上的标语，在中国人告别习用语之下加上三个字奉赠：

“慢慢走，欣赏啊！”

光　潜

一九三二年夏，莱茵河畔